www.ingramcontent.com/pod-product-compliance
Lightning Source LLC
LaVergne TN
LVHW012121070526
838202LV00056B/5813
* 9 7 8 8 1 1 9 8 8 9 6 7 9 *

غلط پتہ

(افسانے)

م۔ ناگ

افسانہ پبلی کیشن
تھانے۔ مہاراشٹر

© Anwar Mirza
Galat Pata (Short Stories)
By : Meem Naag
Afsana Publication,
(Thane) Maharashtra, India
2nd Edition : December 2023
Printer   : Chitra Printing Press, Bhayandar - Thane
ISBN   : 978-81-19889-67-9

اس کتاب کا کوئی بھی حصہ مصنّف یا ناشر کی پیشگی اجازت کے بغیر کسی بھی وضع یا جِلد میں کُلی یا جزوی، منتخب یا مکرر اشاعت یا بہ صورت فوٹو کاپی، ریکارڈنگ، الیکٹرانک، میکینیکل یا ویب سائٹ پر اپ لوڈنگ کے لیے استعمال نہ کیا جائے۔ نیز اس کتاب پر کسی بھی قسم کے تنازعہ کو نمٹانے کا اختیار صرف ممبئی (انڈیا) کی عدلیہ کو ہوگا۔

کتاب	:	غلط پتہ
		(افسانے)
مُصنّف	:	م۔ناگ
ترتیب و تزئین	:	انور مرزا
سرورق	:	آصف خان/انور مرزا
تمام اسکیچ	:	Bianca Van Dijk
اشاعتِ دوّم	:	دسمبر ۲۰۲۳ء
ناشر	:	افسانہ پبلی کیشن
		میرا روڈ۔تھانے (مہاراشٹر) 401 107
موبائل	:	+91 90294 49173
مطبع	:	چترا پرنٹنگ پریس، بھائندر۔تھانے
موبائل	:	+91 81698 46694
آئی ایس بی این	:	978-81-19889-67-9

افسانہ پبلی کیشن

Afsana Publication
Nooh - 54, Room No.903, Opp. Kokan bank, Station Road,
Mira Road - 401 107 - Dist. Thane, Maharashtra, India

فہرست

ناگ،عورت اور افسانہ	05
تو بھیّا کیا کریں!	11

افسانے	صفحہ نمبر

ا۔ بچپن	15
۲۔ غلط پتہ	21
۳۔ چاند میرے آجا	27
۴۔ تیرتھ	37
۵۔ مَیں خیال ہوں کسی اور کا	45
۶۔ لکڑ بگھّا	51
۷۔ سمندر	55
۸۔ خاص بات	63
۹۔ ہوا کی طرف	67
۱۰۔ بِلّی	73
۱۱۔ بِگ بینگ	81
۱۲۔ جُون	87
۱۳۔ نعرہ	91
۱۴۔ غولِ بیابانی	101
۱۵۔ اندھیرا آخری گاہک	107

All line art sketches Courtesy:
Bianca Van Dijk
(Roden / Nederland)

3 غلط پته ● م۔ناگ

ناگ، عورت اور افسانہ

م۔ ناگ نے جب مجھ سے اپنے افسانوں کے مجموعے پر پیش لفظ لکھنے کا حکم سنایا تو میں نے اپنی بے حد مصروفیت کے باوجود حامی بھر لی۔ کیوں؟ میں تو پیش لفظ وغیرہ لکھنے سے جی چراتا ہوں، میں نے اپنی کسی کتاب کا پیش لفظ خود لکھا اور نہ ہی کسی صاحب نظر سے لکھوایا، تو پھرم۔ ناگ کے افسانوں کی کتاب پر پیش لفظ لکھنے کے لئے کیوں کر رضامند ہو گیا؟ شاید ان کے افسانوں پر میں خود بھی اپنی رائے دینا چاہتا تھا۔

م۔ ناگ مجھے اپنے معاصر افسانہ نگاروں میں کئی معنوں میں مختلف نظر آتے ہیں، اتنے مختلف کہ ان کے افسانوی اسلوب کا موازنہ ان کے کسی ہمعصر سے تو کجا ان کے کسی پیش رو سے بھی نہیں کیا جا سکتا۔ اس کے باوجود وہ نظر انداز کئے گئے، یہ حیران کن واقعہ ہے اور افسوس ناک بھی۔ اس کی دو بڑی وجہیں ہیں، پہلی تو یہ کہ انہوں نے تواتر سے افسانے نہیں لکھے دوسری وجہ ان کا قلندرانہ مزاج ہے، جس میں ان کی بے ترتیب زندگی اور لا پروائی کا بڑا دخل ہے۔ انہیں اپنے ہونے کا بھی احساس ہی نہیں رہا، وہ تعریف سے بے نیاز اور تنقید سے بے پروا رہے، انہوں نے یہ بے نیازی اپنی کہانیوں اور اپنے مجموعے کی اشاعت میں بھی برتی۔ وہ ادبی معاشرے کے کسی بھی گروہ سے وابستہ نہیں رہے اور نہ ہی وہ ادب کی کسی خانہ بندی کا حصہ بنے۔ نقاد سے تو ان کا دور کا بھی تعلق نہیں رہا، تو پھر ان کا نام افسانہ نگاروں کی کسی بھی فہرست میں کیوں کر شامل ہوتا! رسائل میں بے حد Mediocre حتیٰ کہ جعلی قسم کے افسانہ نگاروں

کے گوشے شائع ہوتے رہے، ایسے لوگ سیمیناروں میں مدعو کئے جاتے رہے لیکن فکشن کے کسی سیمینار میں ارباب ادب کوم۔ناگ کا نام کبھی یاد نہ رہا۔ م۔ناگ نے کبھی اس کا گلہ کیا نہ شکوہ، البتہ مجھے ان کی اس مجرمانہ بے نیازی پر کوفت ضرور ہوتی تھی۔میں چاہتا تھا کہ وہ اس کی شکایت کریں لیکن وہ اپنے سرمئی چمکیلے چہرے پر سفید اجلے دانتوں سے ہنس کر رہ جاتے جیسے کہہ رہے ہوں ''ساری موہ مایا ہے۔'' شاید یہی وجہ تھی کہ م۔ناگ کی کتاب میں میری دلچسپی ان سے کم نہ تھی۔

1970 میں جب اردو افسانہ پر مکمل طور پر جدید طرز نگارش حاوی ہو چکا تھا اور افسانہ دانشوری کا کرتب بن گیا تھا تب چند ہی افسانہ نگار تھے جو کسی مروجہ فیشن کی پروا کئے بغیر ایسے افسانے خلق کر رہے تھے جن پر ہئیتی تنقید کا ناقد تمسخرانہ انداز میں گھورتا تھا، جیسے وہ کسی متروک صنف کو پیش کر رہے ہوں۔ابہام، ایہام اور تجریدیت کو جدید افسانے کا وصف قرار دیا گیا تھا۔معاشرتی، سیاسی، اور عمرانی موضوعات کو یکسر مسترد کر کے ممنوع قرار دیا جا چکا تھا۔ جو افسانہ نگار ان ممنوعہ موضوعات کو اپنے افسانے میں برتنے کی کوشش کرتا اسے دقیانوسی اور ترقی پسند کہہ کر تحقیر کی جاتی۔ 1970 کے بعد اچانک ہی نقاد نے ادب کے منظرنامے پر ایسے ہی قبضہ کر لیا تھا جس طرح کوئی آمر کسی جمہوری نظام پر قابض ہونے کے بعد آئین کو منسوخ کر کے اپنے ہنٹر کی قوت سے ایسا نظام قائم کر دے، کہ غور و فکر کا عمل یک رخی ہو جائے۔ ہئیتی تنقید نگاروں نے کمال ہوشیاری سے ادب کی بساط پلٹ دی تھی۔افسانے کے حسن و قبح کو شاعری کے تنقیدی پیمانے سے جانچا پرکھا جانے لگا۔نتیجہ یہ نکلا کہ افسانہ اور انشائیہ کا فرق ہی مٹ گیا۔ادب کی آفاقی جمالیات کو منسوخ کر کے جدید ادب کی نئی جمالیات خلق کی گئی، بزدلی، ذہنی انتشار، خود رحمی اور ذات کے کرب کو جدید حسیت کا نام دیا گیا۔کسی بھی فن پارے کو زمان و مکان کی قید سے آزاد کرنا لازمی اور کرداروں کو بے چہرہ رکھنا ضروری قرار دیا گیا۔ جو شہرت کی طلب میں کاروبار ادب میں شامل ہوئے

تھے انہوں نے فوراً ہی نقاد کے ان فارمولوں کی پیروی کی۔ نئے افسانہ نگاروں میں جو کوتاہ دامن اور کوتاہ نظر تھے انہوں نے نقاد کے وضع کردہ معیارات کے سانچے میں لفظوں کو بھر کر بالکل ویسے ہی افسانے اُگل دیے جیسا کہ جدید نقادان سے مطالبہ کر رہا تھا۔ ان معصوموں نے یہ نہیں سوچا کہ ان کے پیش رو افسانہ نگار اور پھر ان سے بھی پہلے کے افسانہ نگار آخر کس نقاد کے وضع کردہ معیارات کو ملحوظ رکھ کر افسانے لکھ رہے تھے۔

خیر فکشن کے اس پر آشوب دور میں م۔ناگ بھی ان چند افسانہ نگاروں میں سے تھے جنہوں نے نقاد کو اپنے دماغ کے اُس خانے میں ڈالا جسے 'یاد داشت کا کوڑا گھر' کہتے ہیں (بجا طور پر تمام پیشہ ور نقادوں کی مناسب جگہ وہی ہے) م۔ناگ نے اپنے ڈھب کے افسانے لکھے اور نام و نمود کی خواہش کے بغیر، وہ خاموشی سے لکھتے رہے اور اپنی بے ساختہ تخلیقی نثر سے چونکاتے رہے۔

سب سے پہلے تو م۔ناگ نے اپنے نام سے چونکایا، جتنا منفرد ان کا نام ہے ان کے افسانوں کا بیانیہ اور اسلوب بھی اتنا ہی منفرد ہے۔ مختار نا گپوری کا مخفف ہے م۔ناگ!

م۔ناگ کے افسانوں کا بنیادی کردار ہمیشہ عورت ہوتی ہے۔ اگر وہ اپنے افسانے کو مرد کی زبان سے بھی واحد متکلم کے صیغہ میں بیان کر رہے ہوتے ہیں تب بھی اس کے پس منظر میں موجود عورت اپنے سراپا کے ساتھ قاری کی سانسوں میں شامل ہو جاتی ہے۔ عورت کو م۔ناگ کائنات کے اس ربط سے جوڑنے کی کوشش کرتے ہوئے محسوس ہوتے ہیں جسے مذہبی صحیفوں نے مرد کو ایک پر تعیش زندگی سے محروم کرنے کا گناہ گار قرار دیا ہے۔ عورت پر لگنے والے اس الزام کو وہ بہتان تصور کرتے ہیں اور ان کے افسانوں کی عورت ماں، بہن اور بیٹی ہونے کے ساتھ وہ عورت بھی ہوتی ہے جسے خود بھی جنت سے نکلنا پڑا تھا اور جس کو افزائش نسل کے لئے اپنے ہی بھائی کے جوہر حیات کو اپنے بطن میں رکھنا پڑا تھا۔ یہ عورت اس عورت سے قطعی مختلف ہے جس نے آدم کو جنت سے بے دخل کروایا تھا بلکہ یہ عورت مرد کے وجود ہی نہیں کائنات کے

سائیکل کی تشکیل کو تکمیل دینے کی بھی 'گناہ گار' ہے۔

م۔ ناگ کے افسانوں کی زبان اپنے تمام معاصرین کی زبان سے مختلف ہے۔ وہ بہت مرصع و مسجع زبان نہیں لکھتے ،غضب کی بے ساختگی ہوتی ہے ان کی زبان میں جیسی کہ ہمیں منٹو کی زبان میں ملتی ہے۔ میری نظر میں پریم چند کے بعد منٹو اردو کا پہلا افسانہ نگار تھا جس نے افسانے کو اُس آرائشی نثر سے محفوظ رکھا جو شاعری کا وصف ہے۔ م۔ناگ چھوٹے چھوٹے جملوں میں پیچیدہ کرداروں کو ایسے بیان کر جاتے ہیں کہ لفظ متحرک معلوم ہونے لگتے ہیں۔ ان کے اسلوب کی سب سے بڑی خاصیت ان کا وہ طنزیہ انداز بیان ہے جو ان کی نثر کی ایک علاحدہ پہچان قائم کرتا ہے۔طنز میں توازن نہ ہوتو وہ استہزا معلوم ہوتا ہے۔م۔ناگ کے افسانوں میں طنز نہ تو تلخی میں بدلتا ہے اور نہ ہی ناصحانہ لہجہ اختیار کرتا ہے۔ ناگ کا پسندیدہ موضوع جنس ہے، بالکل اسی طرح جس طرح راجندر سنگھ بیدی اور سعادت حسن منٹو کا پسندیدہ موضوع جنس ہے لیکن بیدی اور منٹو افسانے میں جنس کو ایکدوسرے سے مختلف انداز میں جس طرح برتتے ہیں، بالکل اسی طرح م۔ ناگ کے افسانوں میں جنس کا استعمال ان دونوں سے بے حد مختلف سطح پر ہوتا ہے۔ یہاں منٹو اور بیدی سے م۔ ناگ کے افسانوں کا تقابلی مطالعہ اس لئے نہیں کیا جا سکتا کہ ہمارے یہ دونوں عظیم افسانہ نگار جس عہد میں جنس کو افسانے میں برت رہے تھے، اس زمانے میں جنسی جبلت اتنی واشگاف اور پیچیدہ انداز میں معاشرے کا حصہ نہیں بنی تھی۔اس کے علاوہ بیدی اور منٹو جب جنس کو Deal کرتے ہوئے کسی جسم فروش عورت کو افسانے میں پینٹ کرتے ہیں تو وہ خاصے آدرش وادی ہو جاتے ہیں۔ بیدی کی عورت ہندو اساطیر کے حوالے سے داخلی سطح پر دیوی ہے۔منٹو کی عورت ہوس پرست مرد اساس معاشرے کی مظلوم ناری ہے۔م ناگ کے افسانوں میں عورت نہ دیوی ہے اور نہ ہی مرد کی استحصال پسند جنس زدگی کی شکار ابلا ناری ہے۔

م۔ ناگ اپنے قلم کی نوک پر لگے مائیکرو ویو کیمرے سے عورت کے جسم کے

نشیب و فراز کو شوٹ کرتے ہوئے اس کے دل اور دماغ کی نادیدہ لہروں کو قید کر کے کاغذ پر منتقل کر دیتے ہیں۔ کردار کی جسمانی ساخت کے ساتھ اس کی داخلی کشمکش کو افسانے میں پیش کرنے میں بے شک منٹو اور بیدی سے ان کا کوئی تقابل اس لئے نہیں کیا جا سکتا کہ یہ دونوں کرداروں کی نفسیات کی پیچیدہ گتھیوں کے تاروں کو بھی سلجھاتے چلتے ہیں۔ م۔ناگ اپنے ان دو پیش روؤں سے اس لئے مختلف ہیں کہ وہ بیدی اور منٹو کی طرح نہ تو اس سے ہمدردی کرتے ہیں اور نہ ہی قاری کو ہمدردی کے لئے ترغیب دیتے ہیں۔

اب سوال یہ پیدا ہوتا ہے کہ اگر م۔ناگ عورت کو آدرش وادی پیکر میں نہیں دیکھتے ہیں اور وہ اس کی نفسیات کی پیچیدہ گتھیوں کو بھی نہیں پیش کرتے ہیں تو پھر وہ اپنے افسانے کی عورت کی پیشکش میں کس طرح مختلف ہیں؟ دراصل م۔ناگ بڑی حد تک سفاک لاتعلقی کے ساتھ اپنے کرداروں خاص طور پر نسوانی کرداروں کی نبض اُس ڈاکٹر کی طرح دیکھتے ہیں جو مریض کے مرض کو سمجھنے اور اس کی تشخیص سے تو دلچسپی رکھتا ہے لیکن اسے مریض اور مرض دونوں ہی سے کوئی جذباتی لگاؤ نہیں ہوتا ہے۔

م۔ناگ کے افسانے پہلی قرأت میں سپاٹ بیانیہ معلوم ہوتے ہیں۔ ان کی نادر تشبیہات اور طنز کی دھیمی آنچ افسانے کو دلچسپ تو بناتے ہیں لیکن وہ قاری کو مرعوب نہیں کرتے، جبکہ م۔ناگ بہت سادہ اور سلیس لہجے میں الجھی ہوئی زندگی میں بھی جنس کے انبساط کو پیش کر دیتے ہیں۔ یہی م۔ناگ کا فنی کمال ہے کہ وہ بہت گنجلک خیال اور جنس کے وفور کو بھی بہت سادگی اور معصومیت سے افسانے میں پرو دیتے ہیں۔ شاید یہ بھی ایک وجہ ہے کہ م۔ناگ کے افسانے اپنے ٹریٹمنٹ اور اسلوب کی وجہ سے اردو کے عام افسانوں سے الگ معلوم ہوتے ہیں اور ان کا ذائقہ ہمارے شعور کا حصہ نہیں ہے لیکن وہ ایک عجیب سی خوشگوار تبدیلی کا احساس ضرور کراتے ہیں۔

ساجد رشید

تو بھیّا کیا کریں!

گزشتہ ۳۵ برسوں سے مَیں نے اپنی تحریروں میں جو کچھ لکھا ہے وہ صرف اور صرف اِس مقصد کے تحت کہ جس شخص کا نام 'م۔ناگ' ہے اُس کی کہانی بیان کرسکوں۔ مَیں سوچتا ہوں کہ تخلیق کار کے اندر سادگی، یقین، صداقت اور صبر کا مادّہ ہی اس کی نجات کا راستہ ہے۔ زندگی میری استاد رہی ہے اور افسانہ میری ڈھال بنا ہے۔

مَیں سمجھتا ہوں کہ زندگی میں جو کچھ ختم ہوتا جا رہا ہے، ادب اُس کی آخری پناہ گاہ ہے۔ آج ہماری زندگی اتنے رنگ اور اتنی شکلیں اختیار کر چکی ہے کہ ایک چیز کے بارے میں لکھنے کا مطلب ہے کروڑوں چیزوں کے بارے میں نہ لکھنا!

کیا ایسا ممکن ہے کہ ایک ادب پارہ کسی ایک شخص کے بارے میں بھی ہو اور ساتھ ہی ساتھ سب کے بارے میں بھی ہو؟

ادب نے بار بار ثابت کیا ہے کہ زندگی کے اسرار و رموز اور بھول بھلیّوں کے سمجھنے کے لئے ادب سے بڑی کوئی کلید نہیں، زندگی کا جوہر اَن کہی باتوں میں ہی پایا جاتا ہے، کوئی کہانی جو لکھی جاتی ہے وہ دراصل اُس کہانی کا اشاریہ ہوتی ہے جو ابھی تک نہیں لکھی گئی۔ میرے لئے تخلیقی عمل ایک دلچسپ تلاش اور خود کو سمجھنے اور آگے بڑھنے کا ذریعہ رہا ہے۔

ممبئی آیا تو باہر کی ساری راہیں مسدود ہوگئیں۔ یہ شہر مجھے للچاتا اور

خواب دکھاتا رہا۔ یہ شہر میرے لئے ایک چوہادان ثابت ہوا، جس میں روٹی کا ٹکڑا پھنسا تھا۔ میں روٹی پانے اندر کیا گیا، ساری دنیا باہر رہ گئی۔ بس پھر کیا تھا، تماشہ شروع ہوگیا۔ چوہا بلّی کی دوڑ، میوزیکل چیئر کا مقابلہ۔ مختصر یہ کہ ایک موسم میرے اندر تھا اور ایک موسم میرے باہر تھا، ان دونوں موسموں میں تال میل برقرار رکھتے ہوئے میری حالت تنی ہوئی رسّی پر چلنے والے نٹ کی طرح ہوگئی۔

پنجرے کا شٹر گِر چکا تھا۔ بلیّوں نے باہر سے پنجرے کو گھیر لیا تھا۔ میں چکر گھِنّی کی طرح لٹّو بنا دیا گیا تھا۔ حالات نے میرے آٹے کو گوندھ کر پراٹھا بنا دیا تھا، صبح سالم گھر سے چلتا مگر دن بھر اس قدر بیلا جاتا کہ خود اپنی شناخت کھو بیٹھتا تھا۔

ناکامیاں بی جمالو کی طرح بھُس میں چنگاری ڈال کر کھڑی تماشہ دیکھتی رہیں۔

تو بھیّا کیا کریں! کہاں کہاں سے رفو کریں گریباں۔

۱۹۷۵ء آتے آتے میَں بے روزگاری کے ہاتھوں پست ہو چکا تھا۔ والد اپنے خوابوں کو ٹوٹتا دیکھ رہے تھے۔ اس دوران ’م۔ ناگ‘ کے نام سے ’مورچہ، نگینہ، برگِ آوارہ، شاخسار، تحریک اور کتاب‘ میں مسلسل لکھنے لگا تھا۔ ممبئی میں سلام بن رزاق نے میری ملاقات انور قمر سے کرادی۔ انور قمر نے میرا ممبئی سے گووا ٹکٹ کٹوا دیا۔ گووا میں ’سیپا‘ کمپنی کی انڈسٹریل کینٹین میں سُپر وائزری کی۔ تبھی بھٹکتا ہوا ایک ٹیلی گرام آیا کہ والد صاحب کا ہارٹ اٹیک سے انتقال ہو چکا ہے۔ ایسے میں میری حالت ہوئی ندؔا فاضلی کے مصرعے کی طرح ؎ میں رویا پردیس میں!

اخباروں میں پناہ ڈھونڈی۔ ہندی میں بھی لکھا۔ ترجمے کا کام سرکاری اور غیر سرکاری سطح پر کرتا رہا۔ ٹی وی سیریلز کے لئے ’گھوسٹ‘

رائٹنگ بھی کی۔ قلم سے روٹی بنانے کے چکر میں ناگپور سے تعلق جیسے ٹوٹ سا گیا۔ میں ناگپور سے پیار کرتا تھا۔ ناگپور نے مجھے وہ سارا مواد فراہم کیا جو بچپن اور لڑکپن کی بنیاد بنتا ہے۔ وہاں میں پتنگ کی صورت اُڑتا مگر تیز مانجھے سے کٹ جاتا تھا۔ جہاں میں لٹّو کی طرح گھومتا تھا مگر جالی ساتھ چھوڑ جاتی تھی۔ میں ناگپور کی سڑکوں، گلیوں کا دیوانہ تھا، اُس کے روز و شب کا سیلانی تھا۔ ناگپور نے مجھے اپنے اندرون میں جھانکنا سکھا دیا تھا مگر واپسی کا دروازہ بند کر دیا تھا یا یوں کہیں کہ میں 'کھُل جا سِم سِم' کہنا بھول گیا تھا۔

ممبئی نے مجھے 'کھُل جا سِم سِم' کہنا سکھایا۔ یہاں بھاگم بھاگ تھی، منظر فوراً بدل جاتے تھے۔ بہت جلد فیصلے کرنا ہوتے تھے۔ ناگپور کی طرح یہاں گلابی سردیاں نہیں تھیں۔ یہاں وہ لڑکی نہیں تھی جو ہنستی تو پھول جھڑتے، روتی تو موتی بکھرتے۔ میں تو پھنس گیا تھا بھاگم بھاگ اور روٹی کے چکّر میں۔ روز نئے خواب دیکھتا، بھیڑ میں بھی اکیلا اور اکیلا ہوتے ہوئے بھی پوری انجمن کے ساتھ۔ عجیب زندگی تھی۔ مَیں نے سوچا ممبئی سے بھاگ چلیں، مگر پاؤں میں زنجیریں تھیں۔

ممبئی سے آگے جانا مشکل تھا کیونکہ میں جانتا تھا آگے سمندر ہے۔ روٹی کا چکّر مجھے مراٹھواڑہ کے چھوٹے سے شہر بیڑ لے آیا۔ بیڑ میں مَیں نے بہت دنوں کے بعد بھرپور صاف و شفاف آسمان دیکھا۔ سورج کو ڈوبتے اور نکلتے بھی دیکھا۔

بیڑ میں میرے نام کی روٹیاں ختم ہو گئیں تو مَیں پھر ممبئی لوٹ آیا۔ کہتے ہیں انسان اپنی پہلی محبت کو کبھی نہیں بھولتا۔ مَیں بھی ناگپور کو کبھی بھول نہ سکا۔ فاصلے بڑھ گئے مگر پیار اور گہرا ہوا۔ اب آگے دیکھئے مقدّر کے کاغذ پر کیا لکھا ہے۔

م۔ ناگ

بچپن

سرِ شام ہی اندھیروں نے نور جہاں کے جھونپڑے پر ڈورے ڈالے اور وہاں کے ہراُجالے کو قصداً و جبراً نگلنے لگے۔ آج سارا دن آسمان گھنگھور گھٹاؤں سے گھِرا رہا۔ سورج کی شکل خال خال ہی دکھائی دی۔ اور پھر نور جہاں کی ماں دوپہر کو اپنے کسی شناسا کے گھر چلی گئی۔ کھانا کھا کر جب نور جہاں آنگن میں آئی اور جنگلے پر کھڑی ہوئی، تب ہم لوگ گِلّی ڈنڈا کھیل رہے تھے۔

نور جہاں کے گھر کوئی نہ تھا۔ ماں بھی نہیں تھی۔ کتنے دن بیت گئے اس کی ماں نے اسے اکیلا نہ چھوڑا۔ پہرے بٹھائے۔ ورنہ کیا وہ یوں رُک جاتی؟ وہ ہمیں کھیلتا ہوا دیکھ کر اپنے آپ کو روک نہ پائی۔ جھٹ جھونپڑے کا دروازہ بند کیا، زنجیر چڑھائی اور اپنے پاؤں کی زنجیر کھول کر ایک ہی جست میں تار کا جنگلا پھلانگ کر تیر کی طرح ہماری ٹولی میں آن ملی۔ ہم سب ایک دوسرے کو مسرّت و استعجاب سے دیکھنے لگے۔ اور گِلّی ڈنڈا چھوڑ 'پکڑم پکڑی' کھیلنے لگے۔

نور جہاں جب کبھی کھیلنا چاہتی تو ہم اسے منع کر دیتے کیوں کہ اُس کا بدن بدبو خارج کرتا تھا۔ جب ہم اُسے کھیل میں شامل نہ کرتے تو وہ منھ بسورے اپنی انگنائی سے ہمیں زبان نکال کر چڑھایا کرتی۔ وہ بہت کم نہاتی تھی۔ ایسا نہیں تھا کہ وہ صحرا میں رہتی تھی یا پانی مہنگا تھا۔ نہیں، پانی تو افراط تھا لیکن وہ بہت کم نہاتی تھی اور جب نہا لیتی تو کھیلنے کا بہانہ ڈھونڈتی۔ سارا بچپن کھیل میں گزرا تھا اور اب وہ بڑی تیزی کے ساتھ جوانی کی

طرف بڑھ رہی تھی۔ ایک دھندلکا سا تھا کہ جیسے چیزیں ڈوب رہی ہوں اور اُبھر رہی ہوں، جیسے کہ اندھیرا اُجالا ایک دوسرے میں مدغم ہوکر اپنی پہچان کھو رہا ہو۔

پچھلے دو ماہ سے وہ ہمارے احاطے میں کم ہی آئی تھی کیوں کہ اُس کی ماں ہمیشہ گھر پر رہتی اور اس پر کڑی نظر رکھتی تھی۔ ماں اُسے یہ احساس دلانے کی کوشش کرتی کہ ماشااللہ اب وہ جوان ہوگئی ہے اور اب اسے بچکانے کھیل نہیں کھیلنا چاہیئے، ڈوپٹے سے سینہ ڈھکنا چاہیئے، گھر پر کچھ سینا پِرونا، کھانا پکانا سیکھنا چاہیئے، لیکن کھیل تو نور جہاں کی جان تھے، انھیں کیسے چھوڑ دیتی؟ بچپن اُسے چھوڑ رہا تھا مگر وہ بچپن کو نہ چھوڑتی تھی۔

اُسے جنگلے پر کھڑا دیکھ کر میں نے پوچھا۔'اب کب نہاؤ گی نور جہاں؟'

'جمعہ کو۔'

'دھڑ سے نیچے نہاؤ گی کہ سر سے۔'

'دونوں سے۔' وہ جواب دیتی۔ میں ہنستا، وہ منھ بسورے چلی جاتی۔ وہ ہم سب میں عمر کے لحاظ سے بڑی تھی۔ یہ وہ زمانہ تھا جب ہمارے جنسی شعور غنودگی کی رضائی اوڑھے سو رہے تھے۔ اور کوئی احساس پختہ یا عیاں نہیں تھا۔

'نور جہاں، تم گھر جاؤ، تمہاری ماں بوم مارے گی۔'

مگر وہ نہیں گئی۔ نور جہاں کا کچھ نہ بدلا تھا سوائے جسم کے، اور ہمارا بہت کچھ بدل گیا تھا!

***

اب جولڑکا کھیل کا داؤں دینے گیا تو کسی محفوظ مقام پر چھپنے کے لئے ہم نور جہاں کے پیچھے بھاگے۔ وہ جدھر بھاگی ہم اُدھر بھاگے اور کونے میں چھپ گئے۔ گِلّی اور ڈنڈا دُور دُور پڑے تھے۔ نور جہاں مطمئن تھی کہ وہ داؤں والے لڑکے کی نظروں سے پوشیدہ تھی۔ داؤں بھلے ہی کسی پر آئے، اُس پر آنے والا نہیں تھا۔ پر داؤں تو اُسی پر آیا۔ منوہر جو ہم سب میں بڑا تھا، اُس نے اپنی نگاہوں کا کاکروچ نور جہاں کے ڈھیلے ڈھالے

فراک کے چوڑے گلے میں چھوڑ دیا۔ کاکروچ فراک کے اندر کُلبُلا نے لگا تو نور جہاں وہاں سے فراک جھٹکتی بھاگی اور داؤں اُس پر آ گیا۔

کھیل چلتا رہا۔ نور جہاں کچھ نہ سمجھی۔ منوہر اور بھی منچلا ہو گیا۔ وہ اندھا دھند بھاگا اور نور جہاں کو جالیا۔ نور جہاں ہنس رہی تھی کہ کیسے چھکایا اور کیسے دوڑایا۔ منوہر خوش تھا کہ بدن جو آکار لے رہا تھا، اور کانسی رنگت جو تیج دے رہی تھی، اور کچّے آم کی بُو باس جو مہک رہی تھی، وہ ان خوشگوار تجربات سے محظوظ ہو رہا تھا۔ نور جہاں پہلے کی طرح اب کوئی سوکھی، سڑی سی لڑکی نہ تھی، اب تو اس میں ایک اٹھان تھی۔ ایک بارود تھی کہ ڈھونڈ لو فیتہ اور لگا دو آگ! وہ ایک زلزلہ تھی کہ جب جھٹکا لگے تو اندر کی قیمتی دھات باہر نکل آئے!

کیا نور جہاں سمجھ نہیں رہی ہے کہ یہ بچپن کا کھیل نہیں۔ اس کے کچھ اور اصول ہیں، الگ ضابطے ہیں۔ وہ جو رام کشن پانی کے نل پر نور جہاں کا منتظر رہتا ہے، تو کیا وہ اس کی نگاہوں کا مطلب نہیں سمجھتی؟ بغل والا چوہان کارپینٹر، جو کارپینٹ نہیں کرتا بلکہ رندے سے لکڑیاں چھیلتا ہے، اُس کا رندہ کتنا تیز ہے؟ اس رندے سے کیا وہ فقط لکڑیاں ہی چھیلتا ہے؟ جب نور جہاں سامنے آئی تو رندہ چلا دیا! تو کیا نور جہاں پھر بھی انجان ہے؟

اسکول جانے کے لئے مَیں نور جہاں کو بُلانے جھونپڑے میں گیا۔ وہ گندے کپڑے پہنے اپنی جانگھ کھجلا رہی تھی۔ ماں نے دیکھا تو چیخی۔ 'کھُجا کیوں رہی ہے رانڈ۔ کتنی دفعہ بولی پیشاب کو پانی لیا کر۔'

نور جہاں میرے سامنے جھینپ گئی۔ اُس کی ماں نے مجھے دیکھا تو بولی۔ 'کیوں نوری! تجھے اسکول نہیں جانا ہے، چل تیار ہو۔'

وہ بولی۔ 'مگر آج تو چھٹّی ہے۔'

مَیں نے کہا۔ 'نہیں تو، کِس نے کہہ دیا؟'

نور جہاں کی ماں نے کہا۔ 'کاہے کی چھٹّی؟ تیرا باپ مر گیا ہے کیا!'

مَیں ایک ٹوٹی ہوئی کرسی پر بیٹھ گیا اور بستہ ایک طرف رکھ دیا۔ اس کی ماں آنگن

میں گوبر کے اُپلے تھاپنے چلی گئی۔ نور جہاں نے پہلے منہ ہاتھ دھوئے، پھر پونچھے اور مجھ سے بولی۔ 'چھوٹے، ذرا ٹھہرو۔ مَیں کپڑے بدل لوں۔ تم جاؤ نہیں۔ ذرا آنکھیں بند کر لو، کھولنا نہیں جب تک مَیں نہ کہوں۔' اور وہ کپڑے اتارنے لگی۔

مَیں تھوڑی دیر تک آنکھیں بند کئے بیٹھا رہا۔ پھر اچانک مجھے چھینک آ گئی اور میری آنکھیں کھُل گئیں تو مَیں نے جو دیکھا، اس حالت میں نور جہاں کو دیکھ کر گھبرا سا گیا۔

نور جہاں نے فوراً قمیض اپنے سامنے کر لی تو لمحہ بھر کے لئے صرف اس کی بھری بھری کانسی رنگ کی ٹانگیں ہی میرے سامنے رہ گئیں۔

'تمہیں کہا تھا نا کہ آنکھیں نہیں کھولنا۔' وہ مسکراتے ہوئے بولی۔

جب ہم اسکول جانے لگے تو مَیں نے اس سے پوچھا۔

'آج تو تمام سوالوں کے صحیح جواب دو گی نا، نور جہاں۔'

'جب تم صحیح جواب دے سکتے ہو، تو مجھے جواب دینے کی کیا ضرورت ہے۔ میری ناک سلامت ہے، پکڑنا میری ناک اور مارنا چانٹا!'

'لیکن ایسا کب تک چلے گا۔'

'جب تک تم بڑے نہیں ہو جاتے۔'

***

کھیل پھر شروع ہوا۔ مَیں اور نور جہاں باتھ روم میں جا گھُسے اور دروازہ بند کر لیا۔ دھک دھک، دھک دھک کی تیز آواز جیسے چھاتیوں میں پانی کا پمپ چل رہا ہو۔ ہم اُس لڑکے کا انتظار کرنے لگے جو ہمیں ڈھونڈنے، پکڑنے آنے والا تھا۔ لیکن جب وہ بہت دیر تک نہ آیا تو مَیں نے اُس سے کہا۔

'اب تم جاؤ نور جہاں، تمہاری ماں آ گئی ہو گی۔'

اُس نے میری طرف دیکھا اور بولی۔ 'تم نے جو اُس دن ماسٹر کے کہنے پر میری

ناک پکڑی تھی اور ایک طمانچہ جڑ دیا تھا، تب مجھے تم پر بڑا غصّہ آیا تھا۔'

مَیں بولا۔ 'تم ابھی تک وہ بات نہیں بھولیں نور جہاں۔ مَیں نے کوئی دل سے تو نہیں مارا تھا۔ ماسٹر نے کہا اس لئے مارا۔ اور پھر تم نے سوال کا جواب بھی تو غلط دیا تھا۔ مَیں کہاں قصوروار تھا۔ تم سوال کا صحیح جواب دینا سیکھو، پھر دیکھو کہ کون تمہاری ناک پکڑ کر چانٹا رسید کرتا ہے۔'

وہ ہنسی۔ 'تمہاری ایسی ہی باتیں تو مجھے اچھی لگتی ہیں چھوٹے۔ مَیں تمہیں انعام دوں گی۔'

'کیا...؟'

اُن دنوں مجھے کافی انعامات ملتے تھے۔ ہر سال فرسٹ آنے پر والد صاب کی طرف سے۔ ڈبیٹ میں، کھیل میں اسکول کی طرف سے، بھائی صاحب کی طرف سے۔ اس لئے مَیں پوچھ بیٹھا۔

'کب دوگی انعام؟'

'ابھی لو۔' اور اُس نے اپنے ہونٹ میرے ہونٹوں پر رکھ دیئے۔

پھر بولی۔ 'میرا انعام پسند آیا؟'

'چھی! گندی لڑکی ہو تم۔' مَیں نے منھ پھیر لیا تو وہ ہنستی ہوئی دروازہ کھول کر بھاگ گئی۔

'کل مَیں نہاؤں گی، کل جمعہ ہے۔' جاتے جاتے اُس نے کہا۔

وہ چلی گئی۔ پھر شام ہو گی۔ اب جو بادل گھِر آئے تھے، برس گئے۔ اور اب شام کے جھٹ پٹے نگلتی اندھیری رات آ گئی تھی۔ غسل خانے کے پیچھے صابن کے جھاگ اور کائی کے چکلے والا گندے پانی کا چھوٹا ساٹب بھر گیا تھا اور مینڈک ٹرٹرانے لگے تھے۔

***

'پکڑم پکڑی' کا کھیل شروع تھا۔

داؤں دینے والا کریمو اپنی آنکھیں بند کئے کھڑا ہو گیا، لیکن آنکھیں بند کرنے کا ڈھونگ کرتے ہوئے وہ بھی دیکھ تو رہا تھا! تمام بچّے شترمرغ کی طرح اِدھر اُدھر ریت میں گردن چھپائے ہوئے تھے۔ یعنی بیک وقت چھپے بھی تھے اور نظر بھی آرہے تھے۔ کوئی دروازے کی آڑ میں، تو کوئی دیوار سے لگا ہوا۔ کوئی ڈرم کے پیچھے تو کوئی سیڑھی کے نیچے!

نور جہاں بھی اصطبل میں چھپ گئی۔ مَیں ٹوٹی ہوئی موٹر کار کے ڈھانچے کے پیچھے اُکڑوں بیٹھ گیا تھا۔ نور جہاں مجھ سے اتنی قریب تھی کہ اُس کے دل کی دھڑکن میں سُن رہا تھا۔

تبھی اچانک نیچر کال نے اُسے مجبور کیا۔ اُس نے ٹوہ لی اور محسوس کیا کہ آس پاس کوئی نہیں ہے۔ وہ فوراً شلوار نیچے کھسکا کر اُکڑوں بیٹھ گئی۔

مَیں سامنے ہی بیٹھا تھا۔

جب وہ اٹھ کر شلوار باندھنے لگی تو مَیں اچانک اس کے سامنے آیا۔

وہ لمحہ بھر کے لئے ٹھٹھک گئی۔

مَیں ایسے خوش تھا جیسے مجھے کوئی خزانہ مل گیا ہو!

'مَیں نے تو سب دیکھ لیا۔' مَیں نے اپنی فتح کا اعلان کیا۔

وہ شرما گئی۔ پہلے اس کی ناک، پھر اس کا پورا چہرہ سرخ ہو گیا۔

چند ثانیوں بعد اُس نے میری ناک پکڑ کر ہلائی اور بولی۔

'چھوٹے! تُو تو سچ مچ بڑا ہو گیا رے!!'

غلط پتہ

مَیں نے نوکری چھوڑ کر اطمینان کی سانس لی۔ سوچا رائٹر پیدا ہوا ہوں، رائٹر ہی مروں گا۔ میں رات دِن لکھتا رہوں یہی میرا خواب ہے۔

ہم نے ان گنت مکان تبدیل کئے تھے۔ اس دفعہ جب تبدیلی کی بات چلی تو میں نے سوچا۔ کیوں نہ اونرشپ کا ایک فلیٹ خرید لیں۔ دراصل میں بند باتھ روم میں برہنہ نہانا چاہتا تھا۔ باتھ روم کا دروازہ ہلکا سا کھول کر باتھ روم سے ہی بیوی کو پکارنا چاہتا تھا۔

'ڈارلنگ! ذرا ٹاول تو دینا۔'

اور جب بیوی آتی تو اُسے اندر کھینچ کر شاور تلے بھگو دینا چاہتا تھا، اس لئے میں اونرشپ کا فلیٹ خریدنا چاہتا تھا۔ ورنہ مجھے گیارہ ماہ کے معاہدے پر بہ آسانی مکان دستیاب تھا۔ بیوی کہتی، کب تک کرائے کے گھر میں رہیں گے؟ لیکن میں دراصل فلیٹ کا دروازہ بند کر کے اپنے آپ کو کچھ دیر کے لئے ہی سہی، دنیا سے کاٹ کر دیکھنا چاہتا تھا۔ میں نہیں سُننا چاہتا تھا، پڑوس کے چاچا کی کالی کھانسی اور نہیں چاہتا تھا کہ راہ میں تھوکا ہوا بلغم میرے پاؤں سے چمٹ جائے۔ دردزہ سے چیختی ہوئی پڑوسن کے لئے ٹیکسی لانے اور اُسے میٹرنیٹی نرسنگ ہوم میں داخل کرانے کی تاب مجھ میں نہیں تھی۔

بیوی تیار ہوگئی۔ کچھ دنوں کے لئے ہم دونوں پیسوں کے انتظام میں مصروف ہو گئے۔ قسطوں میں پیسوں کا انتظام ہوا۔ بینک سے لون لے لیا، بیوی کے زیور گروی رکھ دیئے۔ ایل آئی سی دفتر کے چکّر کاٹے۔

فارم پر دستخط کرتے ہوئے بلڈر نے ذرا مسکرا کر پوچھا۔
'سر! ایک بات پوچھوں کیا؟'
'ایک نہیں، دو پوچھو۔'
'یعنی آپ گھر ہی میں رہتے ہیں؟'
'ہاں! گھر رہنے کے لئے ہی تو خرید رہا ہوں۔'
'نہیں، میرا مطلب کہیں باہر جا کر نوکری نہیں کرتے؟'
'نہیں!'
'یعنی آپ کی مسز سب کچھ دیکھتی ہیں؟' اُس نے پوچھا۔
چند ثانیوں بعد میں اُس کی بات کا مطلب سمجھ سکا۔ میں نے بلڈر کو ذرا گھما پھرا کر سمجھایا۔'وہ کیا ہے بلڈر صاحب، کہ میری بیوی پڑھی لکھی ہے۔ بڑی افسر ہے، اُسے یہ پسند نہیں کہ اُس کے ہوتے ہوئے میں بھی کام کروں۔ اس لئے میں گھر ہی میں رہتا ہوں اور گھر کا کام کرتا ہوں۔ گھر میں بھی تو بہت سارا کام ہوتا ہے نا؟ جیسے کھانا پکانا، دھونا دھانا، جھاڑو لگانا، کاکروچ اور کھٹمل مارنا، جالے صاف کرنا وغیرہ۔'
'واہ! اچھا ہے۔ واہ۔' وہ ہنسنے لگا اور آنکھ دبا کر نکل گیا۔
بلڈر سوچتا ہوگا کہ اُس نے مجھے بے وقوف بنایا ہے، مگر میں نے کب اُسے بے وقوف بنا دیا اِس کا اُسے پتہ بھی نہ چلا۔

***

بلڈنگ کی سوسائٹی قائم ہوئی، میٹنگیں شروع ہوئیں۔
بیوی نے عاجز آ کر کہا۔ 'دیکھئے، آپ کوئی اعزازی نوکری ہی کر لیجئے۔'
'اب کیا ہوا؟'
'آپ مضامین لکھتے ہیں اخبار میں۔ وہ بھی پین نیم سے لکھتے ہیں، اپنا نام صحیح نہیں لکھتے۔ اس لئے لوگوں کو یقین ہی نہیں ہوتا کہ آپ کے مضامین اخبارات میں چھپتے ہیں

اور آپ اُن سے پیسے کماتے ہیں۔'

'اُن کے یقین نہ کرنے سے کیا ہوتا ہے۔تم تو جانتی ہونا!'

'میرے جاننے سے کیا ہوتا ہے۔ پرسوں پڑوسن کہہ رہی تھی، یہاں تمام فلیٹ بیویوں کے نام پر ہیں، آپ کا فلیٹ آپ کے نام پر نہیں ہوگا۔ میں نے پوچھا، کیوں؟ تو کہنے لگی آپ کے شوہر دن بھر گھر میں رہتے ہیں!'

'اور کیا کہہ رہی تھی پڑوسن؟' اب میں مزا لینے لگا تھا۔

'کہہ رہی تھی، آپ کے شوہر دن بھر گھر میں رہتے ہیں، کیوں نہ انہیں سوسائٹی کا سیکریٹری بنا دیں۔'

'تو کہہ دینا چاہیئے تھا کہ وہ سیکریٹری کا کام کیسے کریں گے، وہ تو انگوٹھا چھاپ ہیں، انہیں گھر کا کام کرنا پڑتا ہے۔ دوپہر میں برتن دھونا ہے، فرش صاف کرنا ہے، کپڑے دھونا ہے، رات میں پھر...'

لیکن میری بات مکمل بھی نہیں ہوئی تھی کہ بیوی پاؤں پٹکتی چلی گئی۔

اتوار۔ میں مزے سے بستر پر اوڑھا چوڑا سویا ہوا تھا کہ دروازے پر دستک ہوئی۔ بیوی باتھ روم میں نہاتے ہوئے گنگنا رہی تھی۔ وہ آج بڑی دیر تک نہائے گی۔ میں جانتا تھا، اس لئے میں نے دروازہ کھولا۔ سامنے کچرا اٹھانے والا آدمی کھڑا تھا۔ کچرے کی ٹوکری بیوی باہر رکھنا بھول گئی تھی، اس لئے اُس نے دستک دی۔ کچرے والے آدمی نے لمبی بنیان پہن رکھی تھی اور پھول دار چڈّی۔ میں نے کچرے کی ٹوکری اٹھا کر اُسے دے دی۔ اُس نے بنیان کی جیب میں ہاتھ ڈال کر بیڑی کا بنڈل نکالا اور ایک بیڑی مجھے دی، دوسری اپنے منھ میں لگائی۔ وہ سمجھا میں نوکر ہوں، کیونکہ میرا حال اُس سے الگ نہیں تھا۔ چڈّی بنیان پہنے میں بھی کھڑا تھا۔لیکن جلد ہی میرے تیور بھانپ کر وہ سمجھ گیا کہ میں مالک ہوں! ایک عدد بیوی اور فلیٹ کا مالک۔

'آپ کو میں نے کبھی دیکھا نہیں۔' وہ بولا۔

'دیکھو گے کیسے! میں تو گھر کے اندر رہتا ہوں، کہیں باہر آتا جاتا نہیں۔' میں نے اُس کی کھنچائی شروع کی۔

اُس نے بیڑی جلائی، پھر میں نے جلا لی۔ ایک ہی کش لیا تھا کہ کھانسی آ گئی۔ ہونٹوں پر کسیلا ذائقہ پھیل گیا۔ میں نے بیڑی پھینک دی۔

'دوسری لو۔ آج کل اُلہاس نگر کا مال آ رہا ہے، ڈپلی کیٹ۔'

میں نے بیڑی لینے سے انکار کیا تو وہ بولا۔ 'آپ بیکار ہیں؟'

میں نے کہا۔ 'ہاں۔'

'بہت بُرا۔'

'کیا؟'

'یہی! کہ آج ممبئی میں رہ کر آپ بیکار ہیں، بھیّا لوگ دُور دُور سے آ کر کما کے لے جاتے ہیں اور آپ مہاراشٹر کے 'آپلے مانوس' گھر میں بیٹھے ہیں۔'

'میں چنا اور بھیل نہیں بیچ سکتا۔' میں نے کہا۔ 'لیکن گھر کا سب کام کر سکتا ہوں۔'

'لیکن... یہ اچھا نہیں۔' وہ بولا۔

'کیا؟'

'یہی کہ اگر آپ پڑھے لکھے ہوتے تو کیوں باہر کے لوگ ہمارے افسر بنتے۔'

'اب کیا ہو سکتا ہے۔' میں نے افسوس ظاہر کیا۔

'لیکن یہ اچھا نہیں۔' وہ پھر بولا۔

'کیا؟'

'کہ گھر کی عورت کام پر جائے اور مرد گھر میں بیٹھا رہے، مرد کو یہ شوبھا نہیں دیتا۔'

اُس نے مونچھوں کو اینٹھ کر کہا۔ میں لمحہ بھر کو شرمندہ ہوا کہ میری مونچھیں نہیں تھیں ورنہ میں بھی اینٹھتا۔ لیکن میں نے اپنے دل کو سمجھایا، کہ کیا فرق پڑتا ہے، کسی کی مونچھیں باہر تو کسی کی اندر۔ میں نے اندر ہی اندر اپنی مونچھیں اینٹھیں!

'کیا کریں گے۔' میں بولا۔ 'مجبوری ہے، مجھے نوکری نہیں ملتی۔ تم دیکھو نا میرے لئے کوئی کام! شاید تمہاری پہچان سے کوئی چانس لگ جائے۔'

'دیکھتا ہوں، آگے والی کالونی میں ایک بائی پوچھ رہی تھی۔ اُسے ایک آدمی چاہیئے بچّے سنبھالنے کے لئے۔'

'بچّے سنبھالنے کے لئے؟'

'ہاں!'

'پھر کیا ہے! تم بات کرو۔'

***

رات میں بیوی کو میں نے دن بھر کی کہانی سُنائی کہ کیسے کچرے والے نے مجھے کام کرنے کے لئے کہا اور بتایا کہ آگے والی کالونی میں بچّے سنبھالنے کے لئے ایک آدمی کی ضرورت ہے۔ بیوی بہت ہنسی، پوچھا۔ 'پھر تم نے کیا کہا؟'

'میں نے اُس سے کہا کہ میں سنبھالوں گا بچّے، تم میرے لئے بات تو کرو۔'

بیوی پھر بہت ہنسی۔ 'دراصل لوگ یہ بات ہضم نہیں کر پا رہے ہیں کہ تم دن بھر گھر میں رہتے ہو، لکھ کر کماتے ہو۔'

اب میں بہت ہنسا۔ بیوی نے پھر کچھ نہیں کہا۔

اور میں نے بھی اپنی عادت نہیں بدلی اور بلّی کی صورت لوگوں کی سوچوں اور باتوں کی برسات میں بھیگتا رہا، بھیگی بلّی کی طرح۔ اور دنیا مجھے دیکھ کر موسم کا پتہ لگاتی رہی... غلط پتہ!

چاند میرے آجا

ڈاکٹر نے اخبار میں خبر پڑھ کر اپنی بیوی سے کہا۔ ’کچھ سُنا تم نے۔ ہمارا جو چاند ہے، وہ یورانیس (Uranus) والے مانگ رہے ہیں۔‘

’کیا... کیا؟ میں کچھ سمجھی نہیں۔‘

’ارے بابا، ہمارا جو یہ چاند ہے، یعنی ہماری زمین کا چاند جسے دیکھ کر ہم عشق کرتے ہیں، ہم چھت پر چڑھ کر، جس کی چاندنی دودھ میں اتارتے ہیں، سمندر جسے پانے کے لئے مچلتا ہے، چکور جس کے چکّر کاٹتا ہے وہی چاند، چکّی پیسنے والی بُڑھیا کا چاند، اور وہ چاند جس کی زمین پر آرم اسٹرانگ نے پہلا قدم رکھا... اور کچھ کہوں؟‘

اتنے میں کیا ہوا کہ چاند بادلوں کی اوٹ سے نکل کر کھڑکی میں آ گیا اور دونوں کی گفتگو سُننے لگا۔

’ہاں تو میں کہہ رہا تھا یورانیس ایک سیّارہ ہے، وہاں کوئی مخلوق ہے۔‘

’مگر ابھی تک تو سُنا تھا کہ کسی اور سیّارے میں مخلوق نہیں۔‘

’ہاں! مگر پتہ چلا ہے کہ وہاں مخلوق ہے اور وہ صدیوں سے ہمیں اشارے کر رہی ہے، سِگنل دے رہی ہے مگر کون اُن کا سِگنل سمجھتا... ہمیں تو دوسرے بہت سے کام ہیں، ہمیں تو اپنی روٹی کا جگاڑ کرنا ہے، ہمیں تو اپنی کُرسی بچانی ہے، ہمیں تو اپنی دال پر دوسروں کی روٹی کھینچنی ہے، ہمیں تو دوست کی ٹوپی اُچھالنی ہے، ہمیں تو خرگوش کی طرح دوڑ کر پھر سو جانا ہے۔‘

’ارے بھئی میں سمجھ گئی۔اب آگے بھی تو بتاؤ۔‘

’ہاں تو اب ہمیں لگتا ہے کہ ہم یورانیس کے سِگنل سمجھنے کے قابل ہو گئے ہیں اور اب ہمیں پتہ چلا ہے کہ وہ لوگ برسوں سے ہمارے چاند کو مانگ رہے ہیں اور کہتے ہیں کہ ہمارے ایک چاند کے بدلے وہ ہمیں دو چاند دیں گے، ایک نہیں دو!‘

’اوہ مائی گاڈ! دو چاند... یعنی آسمان پر دو چاند نکلا کریں گے۔ اچھا یہ تو بتلاؤ کہ وہ دو چاند کہاں سے لائیں گے؟‘

’کہاں سے لائیں گے؟ ارے اُن کے پاس آل ریڈی پندرہ چاند ہیں۔‘

’پندرہ چاند! لیکن کیا ہم انہیں اپنا چاند دے دیں گے؟‘

’کیوں دے دیں گے؟ کیا ہمارا چاند مِٹّی کا ٹھیکرا ہے کہ مانگا اور دے دیا۔ شاعر پریشان ہیں، مچھیرے حیران ہیں، اور پھر ہماری روایات کا کیا ہوگا؟ اور ہمارے عشق کا اور چاند سے چہرے والی تشبیہہ کا، اور اس مدوجزر کا کیا ہوگا جو چاند کے بغیر نہ اُٹھ سکتا ہے نہ بیٹھ سکتا ہے، اور آدھی رات والے اُس جنون کا کیا ہوگا جو تیشہ اٹھا کر پہاڑ سے نہر نکالتا ہے؟‘

’تم نے بڑی عجیب وغریب خبر سُنائی۔ مگر یہ تو بتاؤ، وہ چاند کی بُڑھیا کیا کہتی ہے؟‘

’تم تو بچّوں جیسی باتیں کرتی ہو۔ ارے وہاں کوئی بُڑھیا تھوڑے ہی ہے۔‘

’چلو ہٹو! وہاں صدیوں سے بُڑھیا رہتی ہے۔ اب اگر اُسے بے گھر کر دیا گیا ہو تو الگ بات ہے۔‘

’ارے بھئی! اب تمہیں کیا بتاؤں، آرم اسٹرانگ نے جب چاند پر قدم رکھا تو وہ بُڑھیا وہاں نہیں تھی۔‘

’اچھا! تو اُس وقت وہ وہاں نہیں تھی، اِس لئے وہاں نہیں ہے؟ اور ہم صدیوں سے اُس بُڑھیا کو یہاں سے دیکھ رہے ہیں، اس خیال، اس تصوّر کا کیا؟‘

’خیال تو خیال ہی ہوتا ہے نا! حقیقت تو نہیں ہوتی۔‘

'یہ یورانیس والے کون ہوتے ہیں ہمارے خیال، ہمارے خوابوں اور ہماری روایات کو توڑنے والے۔ انہیں سبق سکھانا چاہیئے۔ خیر، تم مجھے اتنا بتا دو کہ یورانیس والے دو چاند کیوں دے رہے ہیں؟'

'ایک چاند تو ہمارے چاند کے بدلے میں، دوسرا ہمارے لئے تحفہ!' 'اچھا! یہ تو بڑے دانی لوگ لگتے ہیں۔'

'اور کافی مالدار بھی ہیں۔ شاید تم نہیں جانتیں، وہ دونوں چاند گولڈ کے ہیں۔ پورے گولڈ کے۔ ۲۲ کیریٹ کے نہیں، خالص سونے کے۔'

'واہ! تب تو سونا سستا ہو جائے گا۔'

'ہاں، شاید اتنا سستا کہ کوئی پوچھے گا بھی نہیں۔'

'سستا ہو بھی جائے تو سونا، سونا ہے، اس کی قدر کم تھوڑے ہو گی۔'

'کیوں؟ سستا ہو جانے پر قدر کم کیوں نہیں ہو گی؟ ہو سکتا ہے اس وقت لوہا مہنگا ہو جائے اور عورتیں لوہے کے زیور پہنیں!'

'یعنی سُنار لوہار بن جائیں گے۔ یہ بھی خوب کہی! آج تو آپ نے کمال کر دیا۔'

***

ایک تیز رفتار موٹر سائیکل ایک زنّاٹے کے ساتھ گزرتی ہوئی، ہوا سے باتیں کرتی ہوئی!

نازو کپڑے تبدیل کر کے آئینے کے سامنے کھڑی تھی کہ ماں کی آواز آئی۔

'نازو، ذرا سبزی دیکھنا، میں کاکی سے بات کر کے آتی ہوں۔'

نازو نے سوچا، ماں اب گھنٹہ بھر چاند کے بارے میں باتیں کرے گی، اور سبزی کون دیکھے گا؟ میں تو آئینہ دیکھوں گی!

آئینے کا سچ نازو کا سچ ہو گیا۔ چپکے سے ذرا چہرہ گھمایا، گردن جھکائی اور اپنے خد وخال پر دھیان گیا، کہ تبھی ممّی کی آواز۔

'نازو! میں نے تجھے سبزی دیکھنے کے لئے کہا تھا نا؟ سبزی تو جل گئی! پرسوں دودھ بھی اُپھن گیا تھا۔ اسی لئے میں کسی کام کو نہیں کہتی۔ کہاں رہتے ہیں ہوش وحواس۔ اتنی بڑی ہوگئی ہے گھوڑی کی گھوڑی، کیا کر رہی تھی آخر؟'

وہ کیا بتائے کہ کیا کر رہی تھی۔ اور کیوں کر رہی تھی۔ اتنا ہی سمجھ پاتی تو سارا معمہ حل نہ ہو جاتا۔ بس ایسا لگتا جیسے کوئی ان کہا احساس اندر ہی اندر جوش مار رہا ہو، سب کچھ بدلا بدلا سا، کسی تبدیلی پر وہ ہِھرلڈ، کسی پر حیرت زدہ، کسی تبدیلی پر کچھ نہ سمجھ پانے کی مجبوری میں آنکھوں میں نمکین آنسو، ماں باپ بھائی بہن کے بیچ اس کی ایک الگ ہی دنیا آباد ہو رہی ہے جس سے کسی کو سروکار نہیں!

***

ایک تیز رفتار موٹر سائیکل زوں کی آواز کے ساتھ گزر گئی، جیسے یہ جا وہ جا! یعنی گدھے کے سر سے سینگ کی طرح موجود بھی، غائب بھی!

دیر تک اُسے نیند نہ آئی! سو گیا ہوگا کیا وہ لڑکا؟ کہ جاگتا ہوگا، زنّاٹے بھرتا ہوگا، کہ زوں زوں کر کے موٹر سائیکل پھٹپھٹاتا ہوگا؟

لَو لیٹر کے الفاظ نازو کو 'ناؤن' کی ڈیفی نیشن کی طرح یاد ہو گئے تھے۔ پیار کیا ہوتا ہے؟ کیا پیار ہوا کے جھونکے کی طرح ہوتا ہے کہ آیا اور بال بکھرا دیئے، کہ جھولا اور کپڑے لت پت کر دیئے، کہ مِلا اور کسی اندھیرے کونے میں بُری طرح جھنجھوڑ ڈالا، شاید ہاں! شاید نہیں!

دیدی ان معنوں میں اُس کا آدرش تھی۔ پیار کیا ہوتا ہے، یہ کیا ہے جو دل میں گِرتا ہے، بدن میں بنتا بگڑتا ہے۔ احساس جب دھند لکے بن جاتے ہیں، جذبے جب چھٹپٹاتے رہ جاتے ہیں، کیا اِسی کا نام پیار ہے؟

دیدی اسے ہمیشہ پُراسرار لگی، اور وہ مایا کو ہمیشہ دیدی سے متعلق کُریدتی رہی۔ وہ اسے دیکھتی، کبھی ناول پڑھتے، کبھی بریزیئر کستے ہوئے، کبھی بالوں میں گجرا لگاتے، کبھی

گنگناتے، جیسے اُسے کوئی خزانہ مِل گیا ہو!

سو گیا ہوگا کیا وہ لڑکا؟ کہ جاگتا ہوگا؟ فرّاٹے بھرتا ہوگا موٹر سائیکل پر؟

نازو نے آج ضِد کر کے ساری بلاؤز پہنا تھا، ورنہ ہمیشہ شلوار قمیض! وہ دھما چوکڑی مچانے والی لڑکی تھی۔ اسکرٹ بلاؤز یا شلوار قمیض والی بات دیگر ہے لیکن ساری بلاؤز میں دھما چوکڑی مچائیں تو ساری ایک عجیب انداز میں احتجاج کرتی ہے۔ مایا نے اُس کی بڑی تعریف کی، ساری کا پلّو دُرست کیا، فال سُدھارے، ایک دو چٹکیاں بھی کاٹیں۔ نازو زور سے چلّائی بھی۔ آگے سے، نیچے سے، اور پیچھے سے اوپر ہو جانے والی ساری کا گھیر دُرست کیا، بلاؤز کے اندر برزیئر کو چھُوا، پھر ایک دو گال گچّے توڑے، نازو لال پھٹک!

وہ مایا کے پیچھے دوڑی تو مایا جانے کہاں جا چھپی!

ڈاکٹر سے بیوی نے پوچھا۔ 'چاند کا کیا ہوا؟'

'ابھی تک سوچ بچار چل رہا ہے کہ چاند دیں کہ نہ دیں۔ کل تو چاند کھڑکی میں بھی آیا تھا، یعنی ابھی کوئی ایسی بات نہیں ہوئی۔'

'مگر اپنے چاند میں اُنہیں اتنی دلچسپی کیسے پیدا ہوگئی؟ اپنا چاند اُن کے کِس کام آئے گا۔'

'ہوگا اپنے چاند میں کچھ ایسا جو اُن کے لئے قیمتی ہوگا۔ چاند صدیوں سے ہمارے کام آتا رہا ہے، اُن کے بھی کام آئے گا کچھ نہ کچھ۔'

ایسا ہو گیا تو ہمارے چاند والے سارے فلمی گیت، محاورے اور شاعری بے معنی ہو جائے گی!'

'ہاں، کچھ بھی ہو سکتا ہے، سمندر میں طوفان، زمین صفا چٹ۔'

'اوہ مائی گاڈ! پھر...؟'

'ابھی تو سوچ بچار چل رہا ہے۔'

***

حسبِ معمول وہ لڑکا بالکنی میں کھڑا تھا۔لڑکا جانتا ہے نازو کب لوٹتی ہے۔ وہ بالکنی میں آئی۔لڑکے کے ہاتھ میں اخبار، اُس نے بالوں پر ہاتھ پھیرا، نازو بالکنی سے نظر آتے باتھ روم میں چلی گئی۔ روشندان سے جھانک کر دیکھا تو وہ لڑکا جہاں کا تہاں کھڑا تھا۔ اُف !لوگ چاند پر پہنچ گئے اور یہ لڑکا! نازو نے اپنے آپ کو بڑے پیار سے چیک کیا، وہ دن بہ دن سانچے میں ڈھلتی جارہی تھی۔کون تھا جو اُسے اتنی فُرصت سے ڈھال رہا تھا۔ وہ کون تھا جو اُس کے اندر چھپا بیٹھا تھا اور سامنے نہیں آتا تھا۔

'نازو کب تک نہاؤ گی؟ کتنی دیر ہوگئی۔'

نازو جیسے پرندہ تھی کہ اُڑتے اُڑتے زمین پر گِر گئی۔اُس نے سوچا بس یہی پریشانی ہے۔ باتھ روم جاؤ تو مشکل، نہ جاؤ تو مشکل۔اُس نے فوراً شاور کا نل پورا کھول دیا۔ پانی اس کے جسم پر ملے ہوئے صابن کا سارا جھاگ بہا لے گیا۔اپنے آپ کو تولیئے میں لپیٹ کر باہر آئی تو دیکھا لڑکا پھر بالکنی میں۔ وہ جانتا تھا کہ نازو نہا کر نکلے گی۔نازو کو لگا تولیئے کے اندر کاکروچ گھُس آیا ہے۔وہ اُچھل کر بھاگی،تولیہ بدن سے چھوٹتے چھوٹتے بچا۔

ماں نے پوچھا۔'کیا ہوا۔ناچ کیوں رہی ہو؟'

وہ بولی۔'کاکروچ!'

ماں نے کہا۔'دوا تو میں نے کل ہی ماری تھی۔ باتھ روم میں کاکروچ کہاں سے آ گیا۔'

پاپا بولے۔'صبح میں نہایا تو ایک بھی کاکروچ نہیں تھا۔'

***

سارے میں شور برپا ہے۔موٹر سائیکل آرہی ہے کہ جارہی ہے پتہ نہیں، ہیلمیٹ پہن کر لڑکا چلا رہا ہے موٹر سائیکل۔ چہرہ مہرہ تو رفتار ہے اور رفتار ہی پیار ہے!

کاش! کہ نیند کی بطخ آج بھی سونے کا انڈا دے۔ دن کے اُجالے میں انڈے پھوٹ جائیں۔ چوزے چوں چوں کرنے لگیں، ایک سنسنی رگ وپے میں دوڑ جائے،

اُجالا بھی بھلا لگے اور اندھیرے پر بھی پیار آئے۔ کاش، وقت تھم جائے۔ کپ کی آئس کریم کپ میں جم جائے۔ اتنا پانی برسے کہ سارا بچپن اُس میں بہہ جائے۔ یہ جھینپ یہ جھجک ختم ہو جائے اور جب بدن نارمل ہو تو لگے جیسے نیا جنم ہوا ہے۔

'مجھے میرے بارے میں بتاؤ لڑکے!'

'تم میری زندگی ہو ڈارلنگ! دیکھو میں تمہارے پیار میں کسی مجنون کی طرح، فاصلوں کی یہ دیوار چاٹ رہا ہوں۔ یہ دیوار کبھی تو پتلی ہوگی، کبھی تو گرے گی۔ ہزار پہرے ہیں مگر میں تنہا اکیلا اپنی موٹر سائیکل پر کوہ کنی کے لئے نکل پڑا ہوں۔ یہ دیکھو میرا تیشہ، وہ رہا پہاڑ، نکالوں گا نہر، چاند تارے ہی کیا، میں یورانیس تک جاؤں گا اور تمہارے قدموں میں تارے بچھا دوں گا۔ ان تاروں کو ایک کنستر کیروسین یا دو جوڑی کپڑوں کے عوض نہیں بیچوں گا۔ خاطر جمع رکھو، ایک نہ ایک دن یہ دیواریں ڈھئے جائیں گی۔ تب میں تمہیں بتاؤں گا کہ تم کیا ہو!'

'میرے کانوں میں سنّاٹا بجتا ہے لڑکے۔'

'میں دیوار چاٹ رہا ہوں، میں نہر کھود رہا ہوں۔ میں اپنی موٹر سائیکل پر ساری کائنات کا ایک چکّر لگا کر واپس آنا چاہتا ہوں ڈارلنگ! ڈونٹ وری، ویٹ فار سم ٹائم۔'

***

جب نازو کے پیڑو میں درد اٹھا تھا تو ماں نے کہا تھا۔

'اب تمہاری مصیبت کے دن آ گئے۔'

اور سچ مچ مصیبت کے دن آ گئے تھے۔ وہ اکیلی ہو گئی۔ بیڈ روم میں ماں کی پھسپھساہٹ اور باپ کی 'مرمرنگ' کے بیچ دل کی محل سرا اور بھی سونی ہو جاتی ہے اور وہ ایک جزیرے میں تبدیل ہو کر ڈولتی اُبھرتی رہتی ہے۔ چاروں طرف پانی ہی پانی ہوتا ہے اور ایسے میں اُس کے پاس مٹّی کا کوئی گھڑا بھی نہیں کہ پار لگا دے۔

اور تبھی بالکنی میں لڑکا نمودار ہوا۔ گلی سونی تھی۔ ایک انجان زبان میں گفتگو شروع ہو

گئی۔ اس نے بالکنی سے اترنے کا اشارہ کیا۔ اترے یا نہ اترے؟ آخر کب تک نہ اترے؟ ایک دن تو اترنا ہی پڑے گا ورنہ سارے دروازے بند ہو جائیں گے۔ لڑکا رسّی کے ذریعے بالکنی میں آیا۔ نازو کا اوپر کا دم اوپر اور نیچے کا دم نیچے رہ گیا۔ جب لڑکا اس کی بالکنی میں اترا تو جیسے آرم اسٹرانگ چاند کی زمین پر اترا۔

نازو کا دل سارے بدن میں دھڑک رہا تھا۔ لڑکے نے اُسے اپنی طرف کھینچا اور دوسرے ہی لمحے کیا ہوا کہ جیسے ایک کہکشاں چاند تک بچھ گئی اور ایک تیز رفتار موٹر سائیکل اس پر آگے بڑھ رہی تھی۔ شور اتنا شدید تھا کہ پوری بستی میں بھر گیا تھا۔ لگتا تھا جیسے پوری فضا میں حلول کر گیا ہو۔

تبھی ایک ٹریفک پولس نے دوسرے سے پوچھا۔

'موٹر سائیکل کی رفتار آواز کی رفتار سے زیادہ تیز تو نہیں تھی؟ ورنہ تیری اور میری خیر نہیں!'

***

ڈاکٹر ایک شعری نشست میں شریک ہوا۔ وہاں جو کلام سُنایا گیا اُس میں عشقیہ کلام بالکل بھی نہیں تھا۔ اُسے حیرت ہوئی۔ اِس بابت شاعروں سے تذکرہ کیا تو وہ بولے۔

'کیسے ہوگا عشق کا ذکر، جلد ہی ہمارا چاند ہم سے جُدا ہونے والا ہے۔'

ڈاکٹر نے اس بات پر کفِ افسوس ملا اور گھر لوٹ آئے۔ گھر آ کر انہوں نے چاچا کا بلڈ پریشر چیک کیا تو حیرت سے بولے۔ 'آپ کا بلڈ پریشر کافی بڑھا ہوا ہے۔ آپ دوائیاں تو وقت پر لے رہے ہیں نا؟'

'ہاں بھئی!' بلڈ پریشر کے بڑھنے پر چاچا کو کوئی تشویش نہیں تھی، ان کی پریشانی الگ تھی۔ انہوں نے کہا۔ 'میں چاند کمیٹی کا چیئرمین ہوں اور پس وپیش میں ہوں۔ اگر چاند بیچ دیا تو کیا ہوگا؟'

'ابھی تک کوئی فیصلہ نہیں ہوا۔ آپ کیوں پریشان ہیں۔'

'ارے فیصلے کو کتنا وقت لگتا ہے۔ جو لوگ مُلک بیچ سکتے ہیں۔اُن کے لئے چاند بیچنا معمولی بات ہے۔'

چند ثانیوں بعد ڈاکٹر نے بیوی کو آواز دی اور چائے لانے کے لئے کہا۔ وہ اُداس چہرہ لئے کمرے میں آ گئی اور اپنے دونوں ہاتھ کو اوپر نیچے کر کے فریم سا بنا لیا اور درمیان میں چہرہ لا کر جیسے ٹی وی کے سماچار سُنانے لگی۔ 'نازو گھر میں نہیں ہے۔زبردست سیلاب آیا ہے۔ پانی خطرے کے نشان سے اوپر چڑھ گیا ہے۔ باندھ سارے ٹوٹ گئے ہیں۔ آخر پانی کا زور کب تک اپنے پشتے سلامت رکھتا۔'

ڈاکٹر کے ایک سوال کے جواب میں بیوی نے بتایا کہ اُس نے نازو کو ہر جگہ ڈھونڈا مگر وہ نہیں ملی۔ بیوی نے سوچا شاید یہ کچّا باندھ تھا لیکن پڑوسی نے کہا۔ 'باندھ کچّا نہیں تھا۔اب کے سیلاب ہی بھرپور آیا تھا۔'

اس خبر سے جیسے سب کو سانپ سونگھ گیا۔ڈاکٹر نے چند ثانیوں بعد بیوی سے پوچھا۔ 'تم نے نازو کو کائنات میں تلاش کیا؟'

بیوی بولی۔ 'نہیں! مگر ہم سماج کا کس طرح سامنا کریں گے۔میرے لئے تو یہ اس دھماکے سے بھی بڑا دھماکہ ہے جو دنیا کی تخلیق کے وقت ہوا تھا۔'

ڈاکٹر نے دلاسہ دیا۔ 'نازو آخر جائے گی کہاں؟ کائنات میں کہیں نہ کہیں تو ہوگی! آج اس کا بھاگ جانا کوئی مطلب نہیں رکھتا۔ ہم اسے تلاش کر لیں گے کیونکہ کائنات سمٹ کر گلوبل وِلیج بن گئی ہے۔'

'لیکن آج کی سب بڑی خبر پر آپ نے کیوں دھیان نہیں دیا۔ بریکنگ نیوز تو یہ ہے کہ...ہمارا چاند چُرا لیا گیا ہے!'

تیرتھ

جب میں میٹر گیج پر چلنے والی واسکوڈی گاما ایکسپریس میں سوار ہوئی تو سامنے ایک سرُخ آنکھوں اور بڑے پیٹ والا موٹا شخص نیم دراز تھا۔ چار برتھ والا وہ فرسٹ کلاس کا چھوٹا سا کمپارٹمنٹ تھا۔ ٹرین نے جب اسٹیشن چھوڑا تو پلیٹ فارم پر مدن ہاتھ ہلا کر سی آف کر رہا تھا اور اس کی جیپ جنگلے کے باہر کھڑی تھی۔

ٹرین نے جب ذرا رفتار پکڑلی تو وہ موٹا شخص سرور انگیز لہجے میں بولا۔

'بہن جی! میری ایک بہن تھی۔ بالکل آپ جیسی!' اُس کے منہ سے کاجو فینی کا تیز بھپکا اُڑا۔ وہ مجھے شاید بانگڑا افرائی مچھلی ہی سمجھ رہا تھا۔ مجھے بہن جی کا تخاطب ایک گالی جیسا لگا۔ میں نے بھی ترکی بہ ترکی جواب دیا۔

'میرا بھی ایک بھائی تھا۔'

'تھا...!' اُس شخص نے ہمدردی بھرے لہجے میں حیرت کا اظہار کیا۔

'ہاں! میرا بھائی فوج میں تھا۔ کبیر نام تھا اُس کا۔ جنگ میں شہید ہو گیا۔'

'جانے والے کبھی لوٹ کر نہیں آتے بہن!' حالانکہ اُس کے تئیں شاید وہ مجھے دلاسہ دے رہا تھا مگر مجھے لگا اُس کی رال یہاں سے وہاں تک ٹپک رہی ہے۔

'آپ مجھے ہی اپنا بھائی سمجھ لیجئے۔'

'نہیں سمجھ سکتی!' میرا لہجہ کٹھور تھا۔ 'کیوں سمجھوں، کوئی زبردستی ہے!'

وہ خفّت زدہ چہرہ لئے ڈھیٹ پنے سے بولا۔ 'کیوں بہن! کیا میں تمہارے بھائی

جیسا نہیں ہوں؟‘

میں نے فوراً اُترٹ کا دیا۔’کیا آپ اپنی بہن کے ساتھ کبھی سوئے ہیں؟‘

’جی؟‘ اُس شخص نے ایسا تاثر دیا جیسے اس پر حیرتوں کا پہاڑ ٹوٹ پڑا ہو۔’یہ آپ کیا کہہ رہی ہیں؟‘

’میں ٹھیک ہی کہہ رہی ہوں۔ میں اپنے بھائی کے ساتھ کئی بار ہمبستر ہوئی ہوں۔ کیا آپ بھی...؟‘

اُس اڈھیڑ شخص کا نشہ کافور ہو چکا تھا۔ میں کھڑکی سے باہر دیکھنے لگی۔ ٹرین نے تیز سیٹی بجائی۔ اب وہ کسی ٹنل میں داخل ہو رہی تھی۔

میں نے سوچا کہ ٹرین کسی نامعلوم مہیب ٹنل میں داخل ہو جائے اور پھر نکلے بھی نہیں تو مزا آ جائے!

***

گووا میں مدن جنگلات کے محکمے میں افسر ہے۔ میں اُسی کے پاس سے لوٹ رہی ہوں۔ کل رات جب میں بستر میں آئی اور مدن نے مجھے آٹے کی طرح گوندھنا شروع کیا تو میں نے کہا۔’میں تو گُندھی گُندھائی ہوں۔ تم صرف روٹی بیلو، اگر بیل سکو!‘

لیکن مدن کے پاس نہ پٹھرا تھا، نہ بیلن، اُس نے مجھے چادر پر چادر کی طرح پھیلا دیا۔ تبھی اچانک مجھے میرا شوہر یاد آ گیا۔ میں گووا میں مدن کے پاس تیرتھ کے لئے آئی تھی۔ اب یہ الگ بات ہے کہ کیا میرے سارے گناہ دُھل گئے؟

ہاں تو میں کہہ رہی تھی کہ اچانک مجھے میرا شوہر یاد آ گیا اور ساتھ ہی یاد آئی مدن کی سڈول بدن، پُرکشش ۵۳ سالہ بیوہ ماں۔ مجھے یاد آیا وہ منظر... اپنے شوہر کا مدن کی ماں کے ساتھ ہم بستر ہونا۔ ایک حیرت انگیز تجربہ تھا۔ اس وقت مجھے بالکل بُرا نہیں لگا تھا کیونکہ جسمانی تعلقات سے متعلق میرا اپنا فلسفہ تھا۔ لیکن یہ واقعہ بعد میں میری زندگی میں اہمیت اختیار کر گیا کیونکہ میں اپنی آزادانہ سوچ کو دبا کر سماجی رواج اور پابندیوں

کے دائرے میں رہ کر جینے سے متعلق سوچنے لگی تھی اور ایسے میں اِس واقعہ نے میرے اندر دبی ہوئی سوچ کو پھر سے اُبھار دیا تھا۔ نہ صرف اُبھارا تھا بلکہ آزاد سوچ کو بڑھاوا بھی دیا تھا۔

میں نے مدن سے کہا تھا۔ 'اگر بدن کے خدوخال ڈھکے رہیں تو کیا خاک خوبصورتی پیدا ہوتی ہے۔ یہ غلط ضابطہ، اخلاقیات کے ٹھیکیداروں کا ہے۔ حقیقت کو اگر برہنہ دیکھا جائے تو پہلی نظر میں وہ بھدّی دکھائی دیتی ہے۔ بھدّی اور کراہیت آمیز، لیکن بعد میں حُسن پور پور سے پھوٹتا ہے۔'

مدن مجھے بھوگنا بھی چاہتا ہے اور یہ بھی جتانا چاہتا ہے کہ ہم گناہ کر رہے ہیں۔ جب احساسِ گناہ ہو تو کسی طرح کے آنند سے ہم کیونکر لطف اندوز ہو سکتے ہیں؟ مدن نے کہا تھا۔ 'پتہ نہیں، دل میں ایک بات بار بار آتی ہے کہ میں اگر تمہارا شوہر ہوتا اور تمہارا شوہر میری جگہ ہوتا تو؟ پتہ نہیں کیوں لگتا ہے کہ کچھ غلط ہو رہا ہے۔'

'مدن!' میں نے اُس سے کہا تھا۔ 'اگر میں ترس کھانے والوں میں ہوتی تو یہاں آتی ہی کیوں؟ چھوٹی موٹی سی گھریلو عورت کی طرح بنی ٹھنی گھر میں نہ پڑی رہتی۔ روٹی بیلتی تو چوڑیاں کھنکتیں، کان کی بالیاں ہلتیں، دال کھاتی تو گال آتے، گوشت کھاتی تو ہوش آتا، ایک چولہا ہوتا، ایک اُولا، چاول چولہے پر پکتے، پھر دم پر رکھنے کے لئے جب میں اسے اُولے پر رکھ دیتی اور کوکر کی ڈھائی تین سیٹیوں کا انتظار کرتی۔ میں چولہے پر توا رکھتی۔ جب روٹیاں تیار ہو جاتیں تو انہیں چولہے کی دیوار سے لگا آگ پر سینکتی۔ چولہے کی آنچ کم زیادہ کرتی، روٹی زیادہ پک جاتی تو کھانے میں کُرکُری لگتی۔ جب توے کو چولہے سے اتار کر الٹا رکھتی تو، تو ا ہنستا!'

'مدن! اگر میں ترس کھانے والوں میں ہوتی تو یہاں آتی ہی کیوں؟ میں تو تمہارے سامنے ایک آزاد خیال عورت کی صورت آئی تھی۔ تم نے ایک اچھے سیلز مین کی طرح مجھے جسمانی آنند کا گراہک بنا لیا تھا اور اب یہ تم جو کہہ رہے ہو کہ ہم کچھ غلط کر رہے ہیں تو

اعتراف کرو کہ تم میں احساسِ گناہ جاگ رہا ہے!'
مدن نے جھلّا کر کہا تھا۔'سمجھ میں نہیں آتا کہ تمہارے اور میرے درمیان جو جسمانی رشتہ ہے، وہ سماج کی کس اکائی میں آتا ہے؟'
'میرے شوہر اور تمہاری ماں کے بیچ جو جسمانی رشتہ ہے، وہ کس اکائی میں آتا ہے؟'
مدن شاید اندر سے کانپ گیا۔ میں نے اس کی انانیت کے گرم لوہے پر چوٹ کی۔
'کیوں؟ کیا تم سمجھتے ہو تمہاری ماں ایسا نہیں کر سکتی، میرے بچّے سمجھتے ہیں کہ اُن کی ماں ایسا نہیں کر سکتی۔ تمہاری ماں سمجھتی ہوگی کہ تم ایسا نہیں کر سکتے۔ میں سمجھتی ہوں کہ میرا شوہر ایسا نہیں کر سکتا۔ میرا شوہر سمجھتا ہے کہ اُس کی بیوی یعنی میں ایسا نہیں کر سکتی۔ لیکن ہم سب ایسا کر رہے ہیں۔ میں پوچھتی ہوں یہ سب سماج کی کس اکائی میں فِٹ بیٹھتا ہے؟ جسموں کو بھوگنے کے لئے کسی رشتے کی ضرورت نہیں ہوتی مدن، ضرورت ہوتی ہے مخصوص حالات اور ایک دوسرے کی مرضی کی۔ میں نہیں چاہتی کہ ہمارے تعلقات کسی نام کے محتاج رہیں، جہاں دو افراد کے درمیان رونما ہونے والے کام میں مرضی کا دخل نہیں ہے، وہیں گناہ سرزد ہوتا ہے۔'

***

ٹرین ایک اور ٹنل میں داخل ہو رہی ہے یا شاید نکل رہی ہے۔
رشتے میں کبیر میرا بھائی لگتا تھا۔ لیکن جب تک ہم بھائی بہن کے رشتے کو سمجھ پاتے تب تک ایک دوسرے کی تکمیل بن چکے تھے۔ میں اُسے ہمیشہ کے لئے اپنا لینا چاہتی تھی لیکن ایسا نہیں ہوا اور پھر ایک دن وہ جنگ کے کسی مورچے پر شہید ہو گیا۔
برسوں سے میں ایک خواب دیکھتی آئی تھی کہ سمندر جھاگ چھوڑ رہا ہے، ہاتھی کی طرح چنگھاڑ رہا ہے یا کہ جیسے کھانے کو دوڑ رہا ہے۔ میں ساحل کی ریت پر گھروندہ بنا رہی ہوں۔ دُور ساحل پر ریستوران کے لان میں چھتریوں کے نیچے میرے والدین کولڈ

کافی سے لطف اندوز ہو رہے ہیں۔ میں گھروندہ بنانے میں منہمک، ایک چھوٹی بچّی کے قالب میں ڈھل گئی ہوں اور کوئی جیسے میرے قریب آ کھڑا ہوا ہے۔ میں چونک کر اُسے دیکھتی ہوں۔ وہ شخص مسکراتا ہے، میں بھی مسکراتی ہوں، پھر اچانک وہ غائب ہو جاتا ہے۔ پتہ نہیں اُسے زمین کھا لیتی ہے یا آسمان نِگل جاتا ہے۔ میں گھبرا جاتی ہوں۔ دوڑ کر والدین کے پاس آتی ہوں اور اُس شخص کے نظر آنے اور پھر غائب ہو جانے سے متعلق بتاتی ہوں۔ ماں باپ کُرسیوں سے اٹھ کھڑے ہوتے ہیں۔ اور ہکّا بکّا میری اُنگلی کی سیدھ میں ساحل کی طرف دیکھنے لگتے ہیں، جہاں کوئی نہیں ہے۔ بس سمندر جھاگ چھوڑ رہا ہے۔

کون تھا؟ اس نے تم سے کچھ پوچھا تو نہیں؟ تم نے اس سے کچھ کہا تو نہیں؟ اس نے تم کو کچھ دیا تو نہیں؟ تم نے اس کا دِیا کچھ کھایا تو نہیں؟

ماں نے مجھے اپنے بدن سے چمٹا لیا۔ شاید میں ڈر گئی تھی مگر دھیرے دھیرے یہ خواب مجھے مہینہ پندرہ دن کے وقفے سے بار بار نظر آنے لگا۔ عمر کے ساتھ ساتھ میں بڑی ہوتی گئی، مگر وہ شخص بالکل پہلے دن جیسا، اسی مسکراہٹ کے ساتھ! کبھی سڑک پر، کبھی اسکول کے گیٹ پر نظر آتا۔ اور بعد میں پھر کبھی میں اس سے نہیں گھبرائی۔ اب تو یہ ہونے لگا کہ اگر کسی دن وہ شخص نظر نہ آتا تو تشویش ہونے لگتی۔ میری بے قراری بڑھ جاتی۔ اب وہ ایک دو باتیں بھی کرنے لگا تھا۔ جیسے 'میں تمہارا کب سے منتظر ہوں، چلو میرے ساتھ، ہم اس بکھیڑے سے دُور نکل جائیں۔ صدیوں سے میں تمہارے لئے رُکا ہوں ورنہ کب کا نکل چکا ہوتا۔'

اور پھر ایک دن کبیر پتہ نہیں کس مورچے پر لڑ رہا تھا کہ وہ شخص آیا اور بولا۔ 'چلو چلو! بالکل وقت نہیں ہے۔

''ٹھہرو تو ذرا، دم تو لو، کہاں لئے جا رہے ہو؟' میں نے حیرت سے پوچھا تو وہ بولا۔

'سب پتہ چل جائے گا۔ تم میرا ہاتھ تو پکڑو۔'

اور جیسے ہی میں نے اس کا ہاتھ پکڑا۔ ہم ساحل سے سمندر کی طرف جانے لگے۔ تیز طرّار جھاگ چھوڑتی گرجتی لہروں پر چلنے لگے۔

’ارے یہ کیا! میں اس طرح پانی پر نہیں چل پاؤں گی۔‘

’تم چل تو رہی ہو!‘ اور یہ کیا! واقعی میں چل رہی تھی۔ پانی پر چل رہی تھی میں!

اور پھر میری نیند اُچٹ گئی۔ یہ ٹکڑے ٹکڑے نظر آنے والا خواب مجھے پھر کبھی دکھائی نہیں دیا۔ اور سچ بتاؤں، پھر کبھی میں اس طرح کی نیند سوئی بھی نہیں! کیونکہ دوسرے دن خبر آئی کہ کبیر شہید ہو چکا ہے۔ اس وقت مدن چھوٹا تھا اور اس کی ماں بہت پُر کشش۔ جب اس کا بدن مہیب اندھیرے میں چاکلیٹ سا پگھلتا تھا۔

***

میں اور مدن جیپ میں جنگلوں سے گزر رہے تھے۔ مدن نے کہا۔

’اب تو جنگل میں مور بھی نہیں ناچتے۔‘

’میرے اندر مور ناچ گیا تو سمجھوں گی تیر تھ کر لیا اور مجھے جنگل سے کیا لینا دینا ہے؟‘

’تم جنگل سے بڑی مایوس لگتی ہو ڈارلنگ!‘ مدن نے مجھے پچکارا۔

تبھی دُور سے ایک بارہ سنگھا دوڑتا ہوا آیا اور ہمیں دیکھ کر رُک گیا۔ کاجل لگی سیاہ آنکھیں پریشان تھیں۔ وہ ہانپ رہا تھا۔

مدن نے اُس سے پوچھا ’کہاں بھاگے جا رہے ہو؟‘

وہ بولا ’میں بہت ڈرا ہوا ہوں، ہرنوں کی دھڑ پکڑ شروع ہے، کہیں میں دھر نہ لیا جاؤں؟‘

’مگر تم تو بارہ سنگھا ہو، دھر پکڑ تو ہرنوں کی ہو رہی ہے۔ پھر تم کیوں گھبراتے ہو؟‘ میں نے حیرت سے پوچھا تو وہ بولا ’گھبرانے کی تو بات ہی ہے۔ اگر میرے ہرن ہونے کے ثبوت اکٹھا کر لئے گئے تو میں اکیلی جان کیا کروں گا؟‘

اور اتنا کہہ کر وہ ایک طرف بھاگ لیا۔

مجھے لگتا ہے کہ ٹرین تو ٹنل سے کبھی کی نکل چکی مگر میں ٹنل میں ہی بھٹک رہی ہوں!

***

گو وا میں مدن کے ساتھ وہ میری آخری رات تھی۔ میں نے مدن سے کہا۔

'میں دھوبی گھاٹ پر چار دن دھو کر لائی تھی۔ اُن پر ٹیگ بھی لگا تھا تمہارے نام کا۔'

'دن دھونے سے اچھا ہوتا کہ ہم راتیں دھو سکتے۔'

مدن نے جواب دیا تو میں بپھر گئی۔

'بولنا مت! راتوں کی سیاہی کو دھونے کا پاگل پن میں کبھی نہیں کروگی۔ کیونکہ میری راتیں داغدار نہیں اُجلی ہیں اور انہیں میرا چاند اُجالتا ہے۔ چاند جو کبیر ہے۔ تم نے سُنا ہوگا مدن، ایک دن مہاراج شمبھو سنگھ دربار میں سنہاسن پر بیٹھے تھے۔ منتری کامناتھ بھی وہیں موجود تھے۔ اچانک ایک حسینہ دربار میں گھُس آئی۔ وہ اتنے مہین وستر پہنے ہوئے تھی کہ اُس کا انگ انگ نظر آرہا تھا۔ اُس کا بدن شہوت سے لرزاں تھا۔ وہ اپنے ہاتھ میں پکڑا گلاب کا پھول سونگھتی اور بار بار انگڑائیاں لیتی تھی، تو جانتے ہو وہ حسینہ صرف شہوت سے مغلوب نہیں تھی۔ وہ معزز سماج کے ٹھیکیداروں کے بنائے ہوئے اصولوں پر تھوکنے آئی تھی۔'

میں سوچنے لگی۔ اکثر لوگ بنی بنائی راہ پر چلتے رہتے ہیں اور مثال بننے سے کتراتے رہتے ہیں۔ مگر کبیر جانتا تھا کہ موجودہ تہذیب کے ستون کن صداقتوں پر کھڑے ہیں اور یہ صداقتیں کس قدر کھوکھلی ہیں۔ ان ستونوں کو سہارا دینے کے لئے آج کا انسان اخلاقی اقدار کے زوال کو قصوروار ٹھہراتا ہے۔ اخلاقی اقدار تھے ہی کہاں جو زوال پذیر ہوتے؟ جو اقدار قدرت کے ضابطوں پر مبنی نہ ہو کر فلسفوں کے ضابطوں پر منحصر رہیں، اور جن کو پورا کرنا آدمی کے بس میں نہ ہو، کیا انہیں اخلاقی اقدار کہنا چاہیئے؟

'کہاں کھو گئیں؟' مدن نے مجھے بانہوں میں بھر لیا اور بولا۔ 'دیکھو ڈارلنگ! جبکہ تم بے لباس ہو چکی ہو، مگر بریزئیر کے نشانات اب بھی تمہارے بدن پر باقی ہیں۔ تمہارے خلیئے یہاں وہاں سے دب گئے ہیں جہاں پر تم بریزئیر باندھتی ہو۔ دیکھو

ڈارلنگ! جبکہ تم بے لباس ہو مگر پینٹی کے نشانات اب بھی تمہارے بدن پر کندہ ہیں۔ جانی بوجھی صداقتوں کی طرح، اندھیرے میں چمکنے والی سچائیوں کی طرح۔'

'یہی تو میرا المیہ ہے مدن، کہ میں برہنہ ہوکر بھی برہنہ نہیں ہوں۔ میں سماجی ضابطوں کے خلاف نہیں ہوں بلکہ ان ضابطوں کو جس ڈھنگ سے ہوّا بنا کر عورتوں پر تھوپا گیا ہے ان کے خلاف ہوں۔ مگر افسوس اس بات کا ہے کہ چند ذاتی قوانین جو ہر انسان کو قدرت کے ضابطوں کے ساتھ اپنے اپنے ڈھنگ سے بنانے چاہئیے تھے وہ بھی معاشرے نے ریڈی میڈ بنا کر ہمارے ہاتھوں میں تھما دیئے۔'

***

مجھے آج واپس لوٹنا تھا۔ مدن ابھی تک جنگلوں سے نہیں لوٹا تھا۔ میں اس کا بے چینی سے انتظار کر رہی تھی۔ مدن کو معلوم تھا کہ میں جانے والی ہوں مگر شاید وہ اس لالچ میں ہو کہ میں جاتے جاتے پھر ایک بار اس کی ہوس کا شکار بنوں۔ وقت بہت کم تھا۔ وہ دوڑتا ہوا آیا۔ 'تم تیار ہونا، چلو!'

میرا سوٹ کیس اس نے جیپ پر لادا اور ہم اسٹیشن کی طرف چل پڑے۔

مدن کے ایک سوال کے جواب میں میں نے کہا۔ 'مدن تم بڑی ناک والے بنتے تھے مگر اب مجھ پر ایک چھلاوے کی صورت ظاہر ہو چکے ہو۔ میں یہاں اس مدن سے ملنے آئی تھی جو میرے شوہر کا سب سے کم عمر دوست تھا۔ مگر افسوس...'

***

ٹرین ایک ٹنل سے نکلتی تھی۔ ٹرین دوسرے ٹنل میں داخل ہوتی تھی۔ سیٹی اُبھرتی تھی، پھر ڈوب جاتی تھی، رشتوں کے چہرے بھی اُبھرتے اور ڈوب جاتے۔ بارہ سنگھا پریشان تھا۔ حسینہ گلاب کا پھول سونگھ رہی تھی۔ اور میں سوچ رہی تھی کیا میں نے تیر تھ کر لیا؟

مَیں خیال ہوں کسی اور کا

'تمہارا ہی نام کریم ہے؟'

کریم ایک بھاری بھرکم آواز پر چونک پڑا۔ وہ کمرے میں بیٹھا تھا اور دیوار پر ایک کالی پرچھائیں اُس سے مخاطب تھی۔ اس سے پہلے کہ کریم کوئی جواب دیتا، پرچھائیں نے کہا۔'چلو! اب وقت کم رہ گیا ہے۔'

'کہاں لے جانا چاہتے ہو؟' کریم نے پوچھا۔

'ماں کی کوکھ سے تم نے اِس دنیا میں جنم لیا تھا اور اب اِس دنیا کی کوکھ سے تمہیں کسی اور دنیا میں جنم لینا ہے...چلو!'

'جنم لینا ہے یا منتقل ہونا ہے؟'

'منطق مت بگھارو... گنتی کی چند سانسیں بچی ہیں!'

***

کریم اپنے آپ میں ڈوبا رہنے والا سنکی قسم کا آدمی تھا۔ بات کہنے سے پہلے اپنے اندر بات کو دہراتا، پھر بات زبان پر لاتا، ٹھہر ٹھہر کر ناپ تول کر بولنے والے کریم کو لوگ ہمیشہ چُپ چاپ اور کہیں کھویا ہوا پاتے تھے کیونکہ جہاں کریم کا جسم نظر آتا وہاں نہ اُس کا دل ہوتا تھا نہ دماغ۔ بلکہ دونوں کہیں اور ہجرت کر چکے ہوتے تھے۔ جو لوگ کریم کو جانتے تھے وہ اُس کی عادت سے واقف تھے۔ ویسے بہت کم لوگوں سے اُس کا رابطہ تھا۔ پرچھائیں دیوار پر منجمد تھی۔

کریم نے اُس سے کہا۔ 'میرا نام کریم ہے اور نہیں بھی ہے!'

'کیا مطلب؟' پرچھائیں نے حیرت کا اظہار کیا۔

'میری ایک کہانی ہے۔' کریم نے کہا۔

'تمہاری کہانی میں مجھے کوئی دلچسپی نہیں ہے۔ لیکن ذرا سا وقت بچا ہے، اِس لئے کہانی سُنا سکتے ہو۔'

کریم نے اپنی کہانی شروع کی۔ 'میرے چاروں طرف دنیا کا میلہ لگا تھا لیکن میں میلے میں اکیلا تھا۔ کئی بدلنے والے موسم تھے، کئی موسم میرے اندر تھے، کئی موسم میرے باہر تھے۔ رنگ بِرنگے پھول تھے، تاروں سے بھرا روشن آسمان تھا۔ ایک سے بڑھ کر ایک خوبصورت عورتیں تھیں، شاندار کپڑے، لذیذ پکوان، چوڑی سڑکیں، بلند عمارتیں، جگ مگ کرتی روشنیاں اور سب سے بڑھ کر جو چیز تھی، وہ تھی آدمی کے لطف اندوز ہونے کی استطاعت، لیکن میرے لئے یہ سب فضول تھے۔ کیونکہ سُکھ ذرا سے فاصلے پر تھا ،جیسا کہ ہوتا ہے، اور اُس فاصلے کو طئے کرنے میں پوری زندگی گزر جاتی ہے۔'

دیوار کی پرچھائیں نے کوئی تاثر نہیں دیا۔ کریم نے کہانی جاری رکھی۔

'آدمی گلے گلے دُکھ میں ڈوبا ہوا تھا۔ سُکھ ڈھلتی دھوپ تھا تو دُکھ آتی چھاؤں! ایک مکان ایسا تھا جسے میں بڑی حسرت سے تکا کرتا تھا۔ گھاس پر ٹہلنے کے لئے اس مکان کے لوگوں کو دُور نہیں جانا پڑتا تھا لیکن وہاں رہنے والا ۵٦ سالہ بوڑھا دمے کا مریض تھا، اور ٹیریس گارڈن سے دُکھی تھا، کیونکہ وہاں کی نمی اُس کی بیماری میں اضافہ کر رہی تھی۔ اِس لئے اُس کی بیوی گھر کی کھڑکیاں تک بند رکھتی تھی۔ میں سوچتا، کاش یہ مکان میرا ہوتا۔ میں جہاں رہتا تھا وہاں سے ذرا فاصلے پر ایک ٹیچر کا گھر تھا۔ ٹیچر کی بیوی خوبصورت اور سلیقہ شعار تھی۔ پیار کرنے والی تھی، اٹھ بولو تو آدمی اٹھے اور بیٹھ بولو تو بیٹھے۔ ایسی بیوی کے ساتھ آدمی آرام سے اپنی زندگی گزار سکتا ہے لیکن وہ ٹیچر بے حد شکّی مزاج تھا۔ گھر سے باہر نکلتا تو گھر میں تالا مار کر جاتا۔ روز شام بیوی اور ٹیچر میں تُوتُو میں میں ہوتی۔ بیوی

کا اس گھر میں رہنا دوبھر ہو گیا اور وہ گھر چھوڑ کر چلی گئی۔ میرے ایک دوست کو وراثت میں پیانو ملا، پیانو بجانے کے لئے ہوتا ہے مگر وہ اُسے بیچنے کی فکر میں دُبلا ہوتا رہا۔ اتنا ہی نہیں، میں نے ایسے لوگ بھی دیکھے جو دن بھر ڈٹ کر محنت کرتے تھے، مالک کے جوتے کھاتے اور ہضم کر جاتے۔ لیکن انہیں پیٹ بھر روٹی بمشکل دستیاب تھی۔ دوسری طرف میں نے دیکھا، کھانے کو سب کچھ تھا لیکن بھوک نہیں لگتی تھی۔ میں دنیا کو ٹٹول رہا تھا اور میں نے پایا کہ مجھ میں سُکھ پانے کی شدید خواہش ہے اور سُکھ مجھ سے زیادہ دُور بھی نہیں تھا۔ لیکن مشکل یہ تھی کہ مجھے سُکھ پہنچانے والی تمام چیزوں پر دوسرے لوگوں نے قبضہ کر رکھا تھا۔ جو چہرہ میں اپنے لئے پسند کرتا اُسے کوئی اور ہتھیا لیتا، جو پیکر میں تلاشِ بسیار کے بعد حاصل کرتا، کوئی اُسے اپنا لیتا۔ وہ عورت جسے میری بیوی ہونا چاہیئے تھا، ایک بیمہ ایجنٹ کے لئے سات پھیرے لے چکی تھی۔ اور بیمہ ایجنٹ اُس کے حُسن کی قدر کئے بغیر ہر صبح شام لوگوں کے گھر جا کر انہیں مستقبل کے خطروں کے متعلق سمجھایا کرتا اور بے عزّت کر کے گھر سے نکالا جاتا۔ پیانو کا سنگیت میری کمزوری تھی۔ میں یہ سنگیت سُن کر سارے دُکھ بھول جاتا تھا لیکن میں پیانو خرید نہیں سکتا تھا۔ سنگیت کی جگہ میں پڑوسیوں کی کرکش آوازیں سُننے پر مجبور تھا۔ پھول، پودے، نرم گھاس اور شبنم مجھے اچھے لگتے تھے لیکن میں جہاں رہتا تھا وہاں ایک بھی پودا اُگایا نہیں جا سکتا تھا۔'

اتنا کہہ کر کریم خاموش ہو گیا۔ پرچھائیں نے سوچا شاید اُس کی کہانی ختم ہو گئی اس لئے کہا۔ 'بے شک تمہارے حالات بُرے تھے لیکن اپنی عقل اور صلاحیت کے بل بوتے پر تم حالات کو بدل سکتے تھے، اگر تم ایسا نہیں کر سکے تو اب ماضی کو دہرانے کی بجائے تمہیں خوشی خوشی میرے ساتھ چل دینا چاہیئے۔'

'لیکن ابھی میری کہانی ختم نہیں ہوئی۔' کریم نے کہا۔

'ٹھیک ہے پوری کر لو اپنی کہانی، کچھ لمحے باقی بچے ہیں، لیکن سمجھ لو، کسی کو مہلت نہیں دی جاتی، جتنی زندگی ہوتی ہے اتنی ہی کہانی بھی ہوتی ہے، نہ کم نہ زیادہ!'

کریم نے پھر کہانی کا سِرا پکڑا۔ ’آپ نے کہا کہ آدمی محنت اور عقل سے زندگی کو بدل سکتا ہے لیکن حالات نے میری شخصیت کو شروع سے ہی دو حصّوں میں تقسیم کر دیا تھا۔ میرے اندر سُکھ چاہنے والا ایک خوبرو شخص تھا لیکن میرا جسم کمزور اور بدصورت تھا۔ ذراسی محنت مجھے تھکا دیتی تھی۔ ذراسی ناکامی مجھے مایوس کر دیتی تھی۔

میں اس عمر میں پسند ناپسند کے بارے میں سوچے بغیر شادی شدہ تھا اور دو بچّوں کا باپ تھا۔ چھوٹی موٹی ناپسندیدہ نوکری کرتا تھا اور زندگی میں اتنا کوڑا کرکٹ جمع ہو گیا تھا کہ اگر صاف کرنے بیٹھتا تو پوری زندگی خرچ ہو جاتی۔ میں صرف اپنے پسندیدہ خواب دیکھ سکتا تھا۔ صرف یہی کام میں بخوبی کر سکتا تھا اس لئے میں سمجھ گیا کہ زندگی کے دُکھ بھرے مکروہ چہرے کو اپنے خوابوں سے خوبصورت بنانا چاہئیے۔ خواب چاہے کتنے بھی معمولی کیوں نہ ہوں۔ خود سے فرار ہوئے بغیر حاصل نہیں کئے جا سکتے۔ خود سے فرار کا مطلب سمجھتے ہیں آپ؟‘

کریم نے اپنی کہانی روک کر پرچھائیں سے سوال کیا۔

پرچھائیں خاموش تھی۔

’خود سے فرار ہونے کا مطلب ہے زندگی کو منسوخ کر کے کہیں چل دینا، ملتوی نہیں، منسوخ! جی ہاں! جیسے کسی بدبودار مقام سے سانس روک کر لوگ گزر جاتے ہیں۔ میری مشکل یہ تھی کہ برسوں تک مجھے زندگی کو منسوخ کر دینا پڑا۔ میں نے مشق کی اور خود سے فرار ہونے لگا۔ شروع میں کچھ لمحے، پھر کچھ گھنٹے، پھر دن اور میں اس لائق ہو گیا کہ مہینوں اپنے جسم سے باہر رہ سکتا تھا۔ اب جینا میرے لئے آسان تھا۔ مجھے معلوم تھا کہ کیا کرنا ہے اور کیسے کرنا ہے؟ دراصل مجھے ہر اُس چیز سے نفرت ہو گئی جو میرے ساتھ، کریم نام کے ساتھ چپکی ہوئی تھی۔ میں نے طئے کیا کہ میں کریم کی زندگی میں اُس وقت لوٹوں گا جب اُس کے حالات بہتر ہو جائیں گے۔ پھر سوال یہ اٹھا کہ تب تک کریم کی زندگی کا کیا کِیا جائے؟ یہ ایک مسئلہ تھا لیکن جلد ہی میں نے اس مسئلہ کا حل تلاش کر لیا۔

میں نے لوہے کا ایک صندوق خریدا اور ایک رات جب مجھے خود سے فرار ہونا تھا، میں نے اپنی باقی ماندہ سانسیں اور اپنی زندگی کو سمیٹ کر صندوق میں بند کر دیا اور اس رات کے بعد سے میں نے کریم کی زندگی کو استعمال نہیں کیا اور اُس آدمی کی زندگی جیتا رہا جو مجھے پسند تھی۔

'کیا زندگی سے فرار اِسے کہتے ہیں؟' پرچھائیں نے پوچھا۔

'میں سچ کہتا ہوں،' کریم نے کہا۔ 'اگر چاہو تو دیکھ لو، کریم کی زندگی اُس صندوق میں جوں کی توں رکھی ہے۔'

'چلو دیکھتے ہیں،' پرچھائیں مسکرائی۔ کریم مطمئن تھا۔ لیکن جیسے ہی اُس نے صندوق کھولا، وہ ایکدم خالی تھا۔

'ارے! میری زندگی کہاں گئی؟' وہ ہکّا بکّا رہ گیا۔

پرچھائیں نے کہا۔

'تمہاری زندگی کو کوئی اور جیتا رہا... اور وہ خرچ ہو گئی... اب چلو!'

لکڑ بگھّا

پہلے گاؤں جنگل سے دُور تھا۔ مگر کب جنگل نے گاؤں کو دبوچ لیا کسی کو پتہ بھی نہ چلا اور دیکھتے ہی دیکھتے جنگل کا قانون گاؤں پر نافذ کر دیا گیا۔ درندے گاؤں والوں کا رجحان طئے کرنے لگے۔

ایک دن کی بات ہے۔

بکریاں ندی میں نہا رہی تھیں۔

تبھی ایک لکڑ بگھّا جیپ میں بیٹھ کر آیا۔ دہشت کی دھول اُڑاتا، خوف سے چھکّے چھڑاتا، وہ آیا اور رادھا نام کی بکری کو جیپ میں بٹھا کر لے گیا۔

نہانے والی بکریوں کو چیخنے تک کا موقع نہ ملا۔ جب جیپ دُور چلی گئی تب کہیں انہوں نے چیخنا شروع کیا۔ مگر اب کیا ہو سکتا تھا۔ ہوتا وہی تھا جو لکڑ بگھّا چاہتا۔

***

رادھا کا ایک شوہر بھی تھا۔ جب اُسے پتہ چلا تو وہ روتا بلکتا پولس اسٹیشن پہنچا۔ اُسے تعجب ہوا جب اُس نے دیکھا کہ پولس تھانے میں وہی لکڑ بگھّا براجمان تھا۔

لکڑ بگھّے نے دیکھا کہ رادھا کا شوہر گِرتا پڑتا چلا آ رہا ہے تو ایک زہر خند مسکراہٹ اس کے لبوں پر آئی۔ تب تک شوہر اُس کے قدموں میں گِر چکا تھا اور ہاتھ پاؤں جوڑنے لگا تھا۔ لکڑ بگھّا ذرا پسیجا، اور اسے بند اندھیری کوٹھری میں لے گیا۔

کانے کونے میں رادھا اُکڑوں بیٹھی تھی۔ ننگ دھڑنگ، اتنی زیادہ ننگ دھڑنگ کہ

شوہر ساکت سارہ گیا کہ کیا رادھا کو اس حد تک بھی ننگا کیا جا سکتا ہے؟

'مائی باپ! اسے میرے حوالے کر دیجئے۔ یہ میری بیوی ہے۔ اس کے بچّوں سے میری نسل چلتی ہے۔' رادھا کا شوہر ممیایا۔

'نسل! بکری کی نسل۔ اِسے تو میں کھاؤں گا، بیکڈ کر کے ٹوماٹو سوس کے ساتھ۔'

لکڑ بگھّا ہنسا اور ہنستا ہی چلا گیا۔

'نہیں مائی باپ رحم... رحم۔' رادھا کا شوہر گھگھیایا۔

'مگر اس کا تو ایک ہاتھ نہیں ہے۔ دیکھو داہنا ہاتھ، وہ میں نے کھا لیا، دیکھو اب تو یہ معذور ہے۔'

اور شوہر نے دیکھا کہ سچ مچ ایک ہاتھ غائب ہے۔ وہ دھک سے رہ گیا۔

'نسل! نسل تو ہم لوگوں کی چلتی ہے۔' لکڑ بگھّا ہنسا۔ 'تمہاری رادھا تو ٹیبل برڈ ہے، کھانے کی چیز۔'

لکڑ بگھّے کے منھ میں خون بھرا تھا۔

رادھا رونے کے آگے کی حالت میں تھی۔

پھر بھی شوہر کو غصّہ نہ آیا۔ نہ لکڑ بگھّے پر، نہ اپنے آپ پر۔ آتا تو بھلا کیا کرتا؟

وہی کرتا جو لکڑ بگھّا چاہتا۔

'سرکار!' وہ بلبلایا۔

اب لکڑ بگھّا کوٹھری میں گیا اور رادھا کا دوسرا سلامت ہاتھ دیکھتے ہی دیکھتے چبا گیا۔

'دیا کیجئے۔ رحم کیجئے سرکار۔' شوہر گھگھیایا۔

'میری بیوی مجھے لوٹا دیجئے، میں دعائیں دوں گا۔ میں بھول جاؤں گا کہ آپ اسے یہاں لائے اور وہ رو رہی ہے۔ میں بھول جاؤں گا کہ اس کے دو ہاتھ نہیں ہیں، میں سب کچھ بھول جاؤں گا۔ بھولنا میرے لئے کبھی مشکل نہیں رہا سرکار۔ میں ساری تاریخ سارا جغرافیہ بھول جاؤں گا۔'

'مگر اب تو یہ ناکارہ ہوگئی۔ نہ تجھے روٹی پکا کر کھلا سکتی ہے اور نہ تیرے بچّے کو سُلا سکتی ہے۔' لکڑ بگھّا ہنسا اور ہنستا ہی چلا گیا۔

پھر وہ رادھا پر جھپٹا۔ اسے بغل سے پکڑا اور اس کی ٹانگ پر اپنے نوکیلے دانت گڑا دیئے اور دوسری ٹانگ کو بغل میں لے کر چیر ڈالا۔

رادھا کا شوہر تھرتھرا گیا اور اسے لگا کہ ساری دنیا گھوم رہی ہے مگر وہ نہیں گھوم رہا!

***

بڑے اطمینان سے لکڑ بگھّا کھاتا رہا۔ رادھا کو بیکڈ کر کے ٹوماٹو سوس کے ساتھ۔

'کبھی اس طرح بھی سوچا تھا تم نے اپنی بیوی کا استعمال؟'

رادھا کا شوہر بلبلایا، ذبح ہوتے بکرے کی طرح۔ اس کے کنٹھ میں درد کا ہارمونیم بجا۔ وہ جانتا تھا کہ اس سرکار سے بڑی کوئی سرکار نہیں۔

'ہاں مائی باپ۔ مجھے دے دیجئے ایسے ہی میری بیوی۔ میں اسے کندھوں پر بٹھا لوں گا اور یہاں وہاں گھومتا پھروں گا۔ کہ لوگ دیکھیں کہ اس طرح کی بھی بیوی ہوتی ہے، کہ لوگ دیکھیں کہ اس طرح کی معذوریت بھی حدناپتی ہے، کہ لوگ دیکھیں اس طرح بھی بےشرم زندگی زندہ درگور ہوتی ہے، کہ لوگ دیکھیں...'

'لوگ کیا دیکھیں گے؟ دیکھوں گا مَیں اور دیکھو گے تم۔' لکڑ بگھّا چیخا۔

'تم احسان مانو میرا کہ میں تمہیں روزی روٹی کا ایک ذریعہ دے رہا ہوں۔ تم اپنی بیوی کی نمائش کرنا اور لوگ تمہیں پیسے دیں گے!'

'سرکار!' شوہر چلاّیا۔

'اور سنو کان کھول کر۔ اور جس چیز سے بھی تم سُن سکتے ہو اُسے بھی کھول دو۔ اب میں تمہاری بیوی کے ساتھ سمبھوگ کروں گا اور تم گواہ رہنا کہ یہ ہوش میں تھی اور سب کچھ اس کی مرضی سے ہو رہا ہے۔ اور تم گواہ رہنا کہ یہ سب تمہاری مرضی سے بھی ہو رہا ہے، اور تم گواہ رہنا کہ میں تو ایک نیک چلن لکڑ بگھّا ہوں!'

رادھا کا شوہر لرزا، لرزتا گیا۔ جیسے لقوہ مار گیا ہو۔

لکڑ بگھا رادھا پر جھکا...

***

لکڑ بگھا رادھا پر جھکا...

رادھا کے شوہر نے پیپر ویٹ اٹھایا۔

لکڑ بگھے کے سر پر پیپر ویٹ مارنے ہی چلا تھا کہ جیسے ہاتھ شل ہو گئے۔

پھر کوشش کی...

پھر کوشش کی...

سمندر

دوست رشک کرتے ہیں کہ مجھے رئیس بیوی ملی ہے۔شاندار فلیٹ کی مالک جس میں اُس نے مجھے رکھ چھوڑا ہے۔اُسی کی مہربانی کے سبب مجھے سمندر کو اتنے قریب سے دیکھنے سمجھنے کا موقع ملا۔مگر سکّے کے دو رُخ ہوتے ہیں،ایک روشن دوسرا تاریک۔دوست روشن رُخ دیکھ کر میری قسمت پر رشک کرتے ہیں اور میں تاریک رُخ پر آٹھ آٹھ آنسو روتا ہوں۔

بڑا سا فلیٹ،سنیما اسکوپ کھڑکی سے سمندر کا نظارہ کیجئے۔اعلیٰ درجہ کے فرنیچر سے مزیّن کمرے،میں کُرسی میں دھنسا کھڑکی کے پاس بیٹھا رہتا ہوں۔سامنے سمندر ہے۔میں بیئر پیتا رہتا ہوں،بیئر کی کتنی بوتلیں میں خالی کر دیتا ہوں مجھے نہیں پتہ۔لہریں ذرا ذرا سی دیر میں پتھریلے ساحل پر سر پٹکتی ہیں۔پھر جیسے جیسے شام گہری ہوتی جاتی ہے سمندر خوفناک ہوتا جاتا ہے اور اس کی آواز بھی بدل جاتی ہے۔جیسے وہ غصّے میں ہو۔دُور کوئی جہاز گزرتا ہے،روشنی نظر آتی ہے،اور کبھی کبھی اُس کا سائرن بھی سُنائی دیتا ہے۔تب فلیٹ میں بھی سنّاٹا در آتا ہے۔سمندر زور زور سے اپنا سر پٹکنے لگتا ہے۔

بیوی کا کوئی وقت طئے نہیں ہے،اُسے شوٹنگ پر جانا ہوتا ہے،وہ ڈانس ڈائریکٹر ہے۔سُنا ہے اُس کا بڑا نام ہے۔اس کے نام سے فلمیں بِکتی ہیں۔پہلے اُس کا بدن چھریرا تھا۔پھر کی طرح کبھی یہاں کبھی وہاں گھومتی تھی،میں اُس پر لٹّو ہو گیا۔وہ فربہ اندام ہو گئی۔اب تو برسوں سے میں نے اُسے ڈانس کرتے نہیں دیکھا۔لیکن وہ ڈانس ڈائریکٹر

ہے۔ ڈانس اسکول بھی چلاتی ہے ۔ وہ بہت مصروف رہتی ہے ۔ میں اس سے صرف مطلب کی بات کرتا ہوں۔

بیوی ہفتے پندرہ دن میں ایک لڑکے کو پکڑ لاتی ہے اور دونوں بیڈ روم میں بند ہوجاتے ہیں ۔ میں بیئر کی بوتل کھول لیتا ہوں ۔سمندر پتھریلے ساحل پر سر پٹکتا ہے۔

بیوی کی نظر میں میں 'جھنڈ' ہوں ،یعنی نامرد! کسی کام کا نہیں۔ٹھیک ہے جھنڈ تو جھنڈ! بیئر پیتا ہوں نا میں اُس کے پیسے کی ،عیش کرتا ہوں اُس کے نام پر، رشک کرتے ہیں دوست میری قسمت پر۔ پتہ نہیں باہر کا سمندر اندر کب در آتا ہے! اور رات بھر سر پٹکتا رہتا ہے۔

کبھی مجھے لگتا ہے پورا سمندر میرے اندر سر پٹک رہا ہے۔

کبھی مجھے لگتا ہے میں سمندر میں بے یارو مددگار بہتا ڈوبتا جارہا ہوں ۔ایک دن تو بیوی نے غضب کردیا۔ میرے ایک دوست کے لڑکے کو اٹھا لائی ۔ دوست کو ایک ہفتہ پہلے ہم شمشان پہنچا آئے تھے۔اُس کا لڑکا جو مجھے انکل کہتا ہے،مگر اُس نے جان بوجھ کر مجھے نہیں پہچانا ۔ وِش نہیں کیا۔نہیں کیا تو نہیں کیا! میں بیئر پیتا رہا۔ میں نے اُس کی طرف گھور کر دیکھا تو وہ ہنسا۔کھی کھی کھی ۔ میں نے سوچا اُس سے کہوں۔'ابے کیا کھی کھی کرتا ہے، تیرے کو کیا میں مسخرہ نظر آتا ہوں!'

مگر میں نے کچھ نہیں کہا۔غصّہ تو بہت آیا مگر میں غصّہ پی گیا۔یعنی زہر پی لیا اور میرا کنٹھ نیلا ہوگیا۔ نیلا رنگ کسی کو نظر نہیں آیا کیونکہ میں نے بند گلے کا قمیض پہنا تھا۔ میں چُپ چاپ بیئر پیتا رہا۔ وہ دونوں اندر چلے گئے ۔ بیڈ روم کا دروازہ بند ہوگیا۔مگر اُس لڑکے کی 'کھی کھی' بہت دیر تک میرے آس پاس میرا منھ چڑاتی رہی۔

سمندر کو دیکھتے دیکھتے جب آنکھیں تھک گئیں،سوچ سوچ کر جب دماغ ماؤف ہونے لگا تو میں نے کھڑکی بند کرلی۔ پردے کھینچ دیئے اور صوفے پر لڑھک گیا۔

وہ لڑکا جو اندر بیڈ روم میں بیوی کے ساتھ بند ہے، اس کو میں تب سے جانتا ہوں

جب وہ چھ سات برس کا تھا، آج ہوگا بیس بائیس برس کا۔ یہ لڑکا بچپن میں اتنا شریر تھا کہ بڑوں بڑوں کے کان کاٹتا تھا۔ اُس کی ماں کی کوئی نوجوان خوبصورت سہیلی آتی تو جھٹ سے ٹیپ لے کراُس کے بدن کا ناپ لینے لگتا۔ لڑکا چھوٹا اور پیارا تھا اس لئے کوئی اس کی حرکت کا بُرا نہ مانتا۔ سب اُسے پیار کرتے۔ اُس کے ماں باپ کہتے، یہ بڑا ہو کر ضرور ڈریس ڈیزائنر بنے گا۔ لیکن اندر کی بات کسی کو معلوم نہ تھی۔ شاید بچپن میں ہی اس لڑکے کا جنسی شعور اس قدر بیدار ہو چکا تھا کہ عمر پیچھے رہ گئی تھی۔ اور شعور برق رفتاری کے ساتھ آگے بڑھ گیا۔

اب اس لڑکے کا جنسی شعور کس حال میں ہے یہ تو وہی جانتا ہے یا پھر بیوی یا اُس کا خدا! کیونکہ میرے پاس یہ بات جاننے کے لئے نہ کوئی راستہ ہے نہ روزن! اس لئے میں بیئر پیتا ہوں۔ سمندر میں ڈولتی کشتیوں کو دیکھتا ہوں۔ اور سمندر کا سر پٹکنا سنتا ہوں بار بار۔

***

ایک فلمی پارٹی اٹینڈ کر کے جب میں گھر آیا تو ہماری نوکرانی رو رہی تھی۔ بیوی نے اُسے سمجھایا۔ 'اب رونے سے کیا فائدہ۔ پچھلا روم خالی ہے وہاں فی الحال گزارہ کر، بعد میں دیکھتے ہیں۔'

مجھے بعد میں نوکرانی کی کہانی کا پتہ چلا۔

'کیا بتاؤں صاب، مکان مالک نے جگہ بلڈر کو بیچ دی اور مجھے بے گھر کر دیا۔ میڈم کو بھگوان سلامت رکھے، انہوں نے مجھے سہارا دیا۔'

دن بھر نوکرانی نے میرا کافی خیال رکھا لیکن جب رات میری بیوی آئی اور اس کے ساتھ پھر وہی دوست کا لڑکا آیا تو مجھے کوئی حیرت نہیں ہوئی۔ دونوں جب بیڈروم میں بند ہو گئے تو میں نے دیکھا۔ نوکرانی کے چہرے پر کئی رنگ آئے اور گئے۔ اس نے نظریں چُرا کر میری طرف دیکھا اور ساری کہانی آن واحد میں کھل گئی۔ اُس کی وہ نظر مجھ پر

گھڑوں پانی اُنڈیل گئی۔

سمندر نے سر پٹکا۔

مہیب سمندر کو دیکھ کر میرے اندر کہیں دُبکا ہوا ایک خیال ہڑبڑا کر باہر آیا اور میں نے سوچا، ہم نے سمندر کو بے دخل کیا۔ ریکلے میشن کر کے زمین پر بودوباش اختیار کی، سمندر کو دُور تک پیچھے دھکیل دیا۔ کہیں سمندر غصّے میں آ کر ہماری کالونی کو نہ نگل جائے۔

اگر ایسا ہوا تو؟ میں کانپ گیا۔ بہت دیر تک یونہی بیٹھا رہا۔ آدھی رات گزر چکی تھی۔ میں نے کھڑکی بند کی، پردے کھینچ دیئے۔ ایک پروڈیوسر کے لئے ون لائن اسکرپٹ لکھنی تھی۔ سوچا کہ اسے شروع کروں لیکن طبیعت مائل نہیں ہوئی۔

میں کچن کے بغل والے اسٹور روم میں پہنچا۔ دروازہ بھڑا ہوا تھا۔ میں نے ہلکا ہاتھ لگایا تو دروازہ کھل گیا۔ اندر نوکرانی عجب انداز میں سوئی ہوئی تھی۔ ایک گھٹنا اوپر ایک نیچے، بڑے گلے کی چولی سے اُبل آتے پستان نظر آئے اور دکھائی دیا بریزئیر کا پھٹا ہوا فیتا جو چولی سے باہر آ گیا تھا۔

اُس کے ہڑبڑا کر جاگنے تک میں وہیں کھڑا رہا۔

'صاب آپ!' وہ اُٹھی، کھڑی ہو گئی۔ پلّو سے سینہ ڈھکا۔ 'کافی بنا دوں؟'

'ہاں! زیادہ بنا‏ؤ۔ تھرماس میں بھر کر میرے ٹیبل پر رکھ دو، مجھے آج لکھنا ہے۔'

میں پھر اپنے ٹیبل پر آ گیا۔ نوکرانی نے کافی بنائی۔ میں نے اُس سے کہا۔ 'تم بھی پیو۔'

'نہیں صاب۔' وہ بولی۔ 'مجھے نیند نہیں آئے گی۔'

'ارے نیند تو سولی پر بھی آ جاتی ہے، میرے ساتھ کافی پیو۔' میں نے ذرا تحکمانہ انداز میں کہا۔

'نہیں صاب۔' پھر جیسے میر الحاظ کر کے بولی۔ 'اچھا۔' اور ایک الگ مگ میں اپنے

لئے کافی لائی۔

'کیوں؟' میں نے کہا۔' الگ مگ میں کیوں؟ میں جس کپ میں پی رہا ہوں اُس کی جوڑی والا کپ لاؤ۔'

'اچھا صاب۔'

کافی لے کر وہ نیچے بیٹھنے لگی تو میں نے سامنے والی کُرسی کی طرف اشارہ کیا۔' یہاں بیٹھو۔'

وہ میرا حکم مان رہی تھی۔ وہ کافی پینے لگی۔ میں نے بات شروع کی۔' کیسا چل رہا ہے۔'

'کیا؟' بڑی بڑی آنکھوں سے اُس نے پوچھا۔

'آدمی کہاں ہے تیرا؟'

'وہ کام کی تلاش میں گیا تھا۔ پھر نہیں آیا۔'

'کتنے دن ہو گئے؟'

'چار برس۔'

'چار برس! چار برس سے تُو اکیلی ہے؟'

'اب تو عادت ہو گئی ہے۔' پھر اُس نے سوالیہ انداز میں کہا۔' کیا اکیلے نہیں رہ سکتے صاب؟ آپ بھی تو اکیلے ہیں۔'

'لیکن تُو عورت ذات... کوئی رشتے دار؟'

'کوئی بھی نہیں۔'

'تُو نے دوسری شادی نہیں کی؟'

'کون کرے گا شادی مجھ سے؟'

'کیوں؟ تُو اتنی خوبصورت ہے، روپ کا خزانہ ہے تیرے پاس، سب کچھ بڑا بڑا... تیرے اندر کی صلاحیت کو کسی نے سمجھا نہیں ہے، تیری آنکھیں جیسے کنول کٹورے،

تیری گردن ہرن کی گردن، تیرا چہرہ پورا چاند۔ اوہ مائی گاڈ! کیسی کیسی صلاحیتیں ضائع ہو رہی ہیں۔

'وہ شرما گئی۔' آپ تو مذاق کرتے ہیں صاب، میں اب جاؤں؟'

'جا کر کیا کرو گی، تم کو تو نیند نہیں آئے گی۔ یہیں بیٹھو باتیں کرو۔'

'آپ پکچر میں گانے لکھتے ہیں کیا صاب؟'

'ہاں! کچھ توقف کے بعد میں نے کہا۔ ہاں، لیکن تجھے کیسے پتہ چلا؟'

'آپ تو جاوید اختر سے بھی اچھی شاعری کرتے ہیں صاب۔'

'ارے، تُو تو جاوید اختر کا نام بھی جانتی ہے!'

'وہ کیا ہوا صاب، ہماری جھونپڑا پٹی میں شبانہ اعظمی آئی تھی، کس کو کیا تکلیف ہے؟ پوچھ رہی تھی تو پیچھے پیچھے جاوید اختر بھی آیا تھا۔' کچھ دیر بعد اُس نے پوچھا۔' صاب ایک بات پوچھوں؟'

'ہاں پوچھو۔'

'آپ میڈم کے ساتھ نہیں سوتے؟'

میں نے اُس کے سوال کو نظر انداز کرتے ہوئے کہا۔' یہ لو کچھ روپئے، تم اپنے لئے کچھ اچھے کپڑے خرید لو۔'

'نہیں صاب۔'

'ارے رکھ لو۔'

'میڈم کو معلوم پڑا تو...'

'نہیں معلوم پڑے گا۔'

اُس نے میرے دیئے ہوئے نوٹ چولی میں اڑس لئے اور اُس کے پستان باہر آنے کے لئے ہمک ہمک گئے۔

***

میں باندرہ میں لنکنگ روڈ سے گزر رہا تھا۔ ایک اسٹور سے اپنے لئے کچھ رومال خریدے۔ اچانک نظریں سائیڈ ٹیبل پر گئیں تو وہاں چولیاں بِک رہی تھیں۔ میَں نے بڑے سائز کی مناسب سی دو چار چولیاں خرید لیں۔ بیوی شوٹنگ پر کھنڈالہ گئی تھی۔ چار دن کا شیڈول تھا۔

اس شام نوکرانی نے مہاراشٹرین اسٹائل کا کھانا بنایا۔

باتوں باتوں میں وہ مجھ سے کافی بے تکلف ہوگئی اور انجوائے کرنے لگی۔ میں نے اُسے خوب جوک سُنائے۔ اُس نے میرے پاؤں بھی دبائے اور سر کی مالش بھی کی۔ اُس نے اپنے بارے میں کافی کچھ بتایا۔ مجھ سے بھی کافی کچھ اُگلوالیا۔

***

آج سمندر اتنا مہیب اور گھناؤنا نہیں لگ رہا تھا۔

چھوٹے بڑے بہت سارے جہاز سمندر کے سینے پر تھے اور لگتا تھا آج کہیں بھنور نہیں ہے، کہیں طوفان نہیں ہے، ہر طرف شانتی ہے۔

سمندر کی لہروں کے شور میں غصّہ بھی نہیں تھا۔

نوکرانی کے کمرے کا دروازہ اسی طرح بھِڑا ہوا تھا، وہ اسی طرح سوئی تھی، ایک گھٹنا اوپر ایک نیچے۔ میں نے اُسے دیکھا۔ وہ ہڑ بڑا کر اٹھی۔

’ارے صاب آپ! کافی بنا دوں؟‘

’نہیں...‘ میں اُس کے بستر پر بیٹھ گیا۔

’ارے نہیں صاب۔ آپ یہاں مت بیٹھئے۔‘

لیکن میں نہیں اٹھا۔ میں نے اُسے سمجھایا۔

’دیکھو شالنی۔ مجھے ایک اسکرپٹ لکھنی ہے، اُس میں بلاتکار کا ایک سین ہے۔ پھر میں نے بات بدل لی۔ ’دیکھو، میں تمہارے لئے کیا لایا ہوں!‘ میں نے اُس کے سامنے خریدی ہوئی چولیاں ڈال دیں۔ ’دیکھو میں تمہارا کتنا خیال رکھتا ہوں، ہے نا؟‘

وہ پہلے تو خوش ہوئی، پھر شرما گئی۔ 'کیا صاب آپ...'

میں نے کچھ دیر بعد اُس سے کہا۔ 'دیکھو شالنی، ہم دونوں بے تکلف ہو گئے، یعنی ایک دوسرے کی بہت کچھ باتیں جان گئے۔ آج... تم اور میں... صرف میں اور تم، تیسرا کوئی نہیں! تم جانتی ہو ٹو اِز کمپنی تھری اِز کراوڈ!'

'نہیں صاب۔ ایسا مت بولیے۔'

'دیکھو، دنیا داری سب بکواس ہے، حقیقت کیا ہے، صرف میں اور تم... اور میں تو جھنڈ ہوں۔ کچھ ہونے والا نہیں، تم ڈرتی کیوں ہو؟'

'نہیں صاب! پھر بھی یہ اچھا نہیں... پاپ ہے... آپ کی عزّت کرتی ہوں میں۔'

'ارے شالنی، تم میری دوست ہو۔ میری مدد نہیں کرو گی؟ مجھے سین لکھنا ہے۔ تم کو پیسہ چاہیئے، تو میرا سب پیسہ تمہار... بولو۔'

'نہیں صاب... مجھے ایسا پیسہ نہیں چاہیئے۔'

'کسی کو پتہ نہیں چلے گا۔ میڈم بھی چار دن بعد آئے گی۔'

'پھر بھی صاب، ایسا کرنا اچھا نہیں۔'

'شالنی، میں تو جھنڈ ہوں، تمہارا کچھ ہلکا بھاری نہیں ہوگا۔'

'آپ جھنڈ نہیں ہیں صاب... جھنڈ تو میرا آدمی تھا جو مجھے چھوڑ کر چلا گیا!'

میں چونک گیا اور وہ رونے لگی۔

خاص بات

ایک خوبصورت عورت نے روتے ہوئے انسپکٹر کو بتایا

''میری عزّت لوٹ لی گئی ہے۔''

انسپکٹر جو غلطی سے انسپکٹر بنا دیا گیا تھا۔ بڑبڑایا۔ ''کیا تم جانتی ہو عزّت کیا ہوتی ہے؟'' پھر قدرے بلند آواز میں سوال پوچھنے شروع کیے۔ ''کیا تم نے شور مچایا تھا؟ کیا تم نے ہاتھ پاؤں جھٹکے تھے؟ کیا تمھاری چوڑیاں ٹوٹی تھیں؟ کیا تمھارے بال بکھرے تھے؟ کیا تمھیں پتہ تھا کہ جو لوٹی جارہی ہے وہ تمھاری ہی عزّت ہے؟''

''اس وقت مجھے پتہ نہ تھا۔'' عورت نے پہلو بدلا۔

''تو پھر کب پتہ چلا؟ جب تم نیند سے جاگیں؟ جب تمھاری بریزئیر پھٹی؟ جب تمھارا خون بہا؟ جب تم گمبھیر ہوئیں؟ جب کسی نے دیکھ لیا؟ جب کسی نے کہا یہ ٹھیک نہیں؟ جب تم نے سوچا کہ تم کہیں کی نہیں رہیں؟ جب تمھارے شوہر کو پتہ چلا؟''

''میں نے اپنے شوہر کو چھوڑ رکھا ہے۔'' عورت نے پہلو بدلا۔

''تم نے اُسے چھوڑا ہے، اُس نے تم کو چھوڑا ہے یا نہیں؟ یہ ہے اہم سوال۔''

''میں اُس سے طلاق لے چکی ہوں۔''

''مگر اُس نے تم کو طلاق دی ہے یا نہیں؟ یہ ہے اہم سوال۔''

''یہ پولیس تھانہ ہی ہے نا؟''

''یعنی تم شادی شدہ ہو، یعنی عزّت لُٹ جانے سے تمھارا کچھ ہلکا بھاری نہیں ہوا...

آئی مین...''

انسپکٹر نے جملہ ادھورا چھوڑا اور اب تک کہ اکڑ کر کرسی پر بیٹھا تھا ذرا سا ڈھیلا ہوتا ہوا بولا۔

''واویلا ایسے مچا رہی ہو جیسے غیر شادی شدہ ہو، نپٹ کنواری...''

''کیا شادی شدہ کی عزّت نہیں ہوتی؟'' عورت نے پوچھا۔

''ہوتی ہے شادی شدہ کی عزّت، مگر ویسی نہیں جیسی کسی کنواری لڑکی کی۔''

انسپکٹر جو غلطی سے انسپکٹر بنا دیا گیا تھا بڑبڑایا۔

''کیا تم جانتی ہو عزّت کیا ہوتی ہے؟''

پھر قدرے بلند آواز سے پوچھا۔ ''تمھارا نام؟''

''مِس ریکھا شرما...'' عورت نے کہا۔ انسپکٹر مسکرایا۔

''آپ مسکرائے کیوں؟'' عورت نے پوچھا۔

''میں نے محسوس کیا کہ اتنی دیر سے تم پہلو بدل رہی تھیں، اب پہلو نے تم کو بدل ڈالا ہے...''

''آپ کو انسپکٹر کس نے بنایا ہے؟''

''میں غلطی سے انسپکٹر بنا دیا گیا ہوں، خیر تم نے ابھی کہا کہ تم شادی شدہ ہو؟''

''میں نے یہ بھی تو کہا کہ طلاق لے چکی ہوں۔''

''آئی سی... یعنی طلاق لینے کے بعد کیا پھر سے مِس ہوا جا سکتا ہے، طلاق لینے سے پہلے مسز شرما... طلاق لینے کے بعد مِس شرما...؟''

''کیا مسز سے مِس ہونا بھی میرے ہاتھ میں نہیں ہے؟''

''بالکل ہے... اتنا ہی تو تمھارے ہاتھ میں ہے، باقی سب ہمارے ہاتھ میں ہے۔ اس لیے جو پوچھا جاتا ہے اس کا جواب دو۔''

وہ بڑبڑایا۔ ''تم شیڈول کاسٹ تو نہیں؟''

’’جی...؟‘‘

’’کچھ نہیں، میں نے اپنے طور پر اطمینان کر لینا چاہا... واویلا ایسے مچا رہی ہو جیسے شیڈول کاسٹ ہو...‘‘

’’یہ پولیس اسٹیشن ہی ہے نا؟‘‘

’’یہی سوال کبھی کبھی میرے آڑے بھی آتا ہے...‘‘

’’کیا شیڈول کاسٹ کی عزّت نہیں ہوتی؟‘‘

ہوتی ہے عزّت شیڈول کاسٹ کی بھی... مگر ویسی نہیں ہوتی جیسے کسی اونچی کاسٹ کی...‘‘

انسپکٹر بڑبڑایا ہے۔ ’’ہُونہہ... تو تم رپورٹ لکھوانا چاہتی ہو؟‘‘

’’جی... ورنہ کیا میں پاگل ہوگئی جو یہاں آتی... سوسائٹی میں میری عزّت ہے۔‘‘

’’کیا تم جانتی ہو عزّت کیا ہوتی ہے؟‘‘

پھر قدرے بلند آواز میں پوچھا۔ ’’کیا تمھیں پتہ تھا جو لوٹی جا رہی ہے وہ تمھاری ہی عزّت ہے...؟‘‘

’’اُس وقت مجھے پتہ نہ تھا...‘‘

’’تو پھر کب پتہ چلا؟‘‘

عورت روہانسی ہو کر بولی۔

’’جب وہ آدمی پیسے دیے بِنا چلا گیا...!‘‘

ہوا کی طرف

کامریڈ کدم کی جب شادی ہوئی تو وہ کمیونسٹ پارٹی کا سرگرم رُکن تھا۔ شادی کے ایک ہفتہ بعد جب بیوی کے ہاتھوں میں لگی مہندی کا رنگ ہلکا ہوا تو بیوی نے کامریڈ کدم سے پوچھا۔

'ہم کب تک ہوا کی طرف منھ کر کے رہیں گے؟'

'کیا مطلب؟'

'یہی کہ کب تک غُربت میں رہیں گے؟ کب اچھا کھائیں گے، کب اچھا پہنیں گے؟'

کامریڈ نے بڑے پُر اُمید لہجے میں اپنی بیوی رچنا کو جواب دیا تھا۔ 'جب تک انقلاب نہیں آ جاتا۔'

***

کامریڈ کدم کے والد نے کسی زمانے میں ایک ایکڑ زمین خرید لی تھی، اسی کھیت میں کامریڈ کا گھر بھی تھا۔ کھیت میں جوار، باجرہ اور کچھ سبزی ترکاری اُگا کر کامریڈ کی بیوی گھر کا چولہا جلاتی تھی۔

آنکھوں پر عینک، جس کا ایک عدسہ ٹوٹا ہوا تھا، پاؤں میں ربر کی سلیپر، جسے دھاگے سے سِل سِلا کر پہننے لائق بنا لیا گیا تھا۔ مٹ میلے کپڑے، بال بکھرے ہوئے، کندھے پر گمچھا، نہانے کا ہوش نہیں، نہ کھانے کی فکر، ڈھنگ کا مکان نہیں، گھاس پھوس کی

جھونپڑی تھی۔

بیوی کے آنسو سوکھ چکے تھے کیونکہ ہر طرف خواب تھے، تعبیر کہیں نہیں تھی۔ کامریڈ کدم کی جوانی کا زمانہ کمیونسٹ تحریک کے عروج کا زمانہ تھا۔ ہر طرف 'انقلاب زندہ باد' کے نعرے گونجا کرتے تھے۔ والد کے نقشِ قدم پر چل کر کب کدم لیفٹسٹ تحریک سے جڑا، اُسے یاد بھی نہیں۔ لیکن وہ مزدوروں، کسانوں اور طلبہ کے آندولن میں پیش پیش، ہمیشہ نعرے لگا تا رہا۔ پولس کی لاٹھیاں کھا تا رہا، گرفتار ہوتا رہا۔ رہائی پاتا رہا۔ انتظامیہ کو میمورنڈم دیتا رہا۔ اُسے آندولن کا جنون ہو گیا۔ وہ پیدل ہی گاؤں گاؤں، شہر شہر گھومتا اور کسانوں، مزدوروں اور طلبہ سے مل کر اُن کے مسائل جانتا۔ ان کو حل کرنے کے لئے تحریک چلاتا، مظاہرے کرتا، دھرنے دیتا۔ کئی بار بھوک ہڑتال کی۔ حکومت نے انصاف دلانے کا وعدہ کر کے پھلوں کا جوس پلایا اور اُس کی بھوک ہڑتال تو ڑ دی، یعنی رنگ میں بھنگ ڈال دیا۔ حکومت نے اپنا وعدہ کبھی پورا نہیں کیا اور کامریڈ کدم کو کبھی دیر تک ہڑتال کرنے نہیں دی۔ یعنی نہ زندہ رہنے دیا نہ مرنے دیا۔ حکومتیں بدلتی رہیں لیکن انقلاب نہیں آیا۔

***

کامریڈ کدم کہتا۔ 'ہم تو انقلاب کے لئے فضا بنا رہے ہیں، کھاد کی طرح استعمال ہو رہے ہیں۔ انقلاب ہمارے بعد آئے گا اور اس سے آنے والی نسلیں مستفید ہوں گی۔'
اور اسی بات سے کامریڈ کی بیوی رچنا کو چڑھ تھی، وہ کہتی۔ 'یہ کیا بات ہوئی؟'
کامریڈ اُسے سمجھاتا۔ 'دیکھ اپنے کھیت میں میرے باپ نے آم کا درخت لگایا تھا اب اس کا پھل ہمارے بچّے کھائیں گے۔'
'اور ہم کیا ہوا کی طرف منھ کریں گے؟' رچنا غصّے میں کہتی۔
کامریڈ کدم کے پاس اگر کوئی اپنا مسئلہ لے کر آتا تو وہ کھانے پر سے اٹھ جاتا۔ رچنا بڑبڑاتی۔ 'ارے کھانا تو کھا کر جاؤ۔'

68

ایک بار تو غضب ہو گیا۔ جب وہ رچنا کے ساتھ ہم بستر تھا، گاڑی آدھے راستے تک پہنچی تھی، منزل ذرا دُور تھی کہ دروازے پر زور زور سے دستک ہوئی۔

سرپنچ کا آدمی تھا، اُس نے کہا، 'کدم بھائی! سرپنچ کو دل کا دورہ پڑا ہے۔ فوراً دوا خانے لے جانا ہے، چلو!'

اور کدم سب کچھ چھوڑ چھاڑ کر اٹھا، دھوتی سنبھالتا، دروازہ کھول کر باہر نکل گیا!

ایسا جنون، ایسی دیوانگی نہ کبھی دیکھی نہ سُنی۔

کامریڈ کدم گاؤں سے شہر جاتا، کمیونسٹ پارٹی کا آفس دیکھتا، اس پر لہراتا پرچم دیکھتا تو دیکھتا ہی رہ جاتا۔ آفس میں پارٹی کے بڑے لیڈر اور عہدیدار اُسے آفس کے اندر بُلاتے، کرسی پیش کرتے۔ کدم کو اُن کے درمیان وحشت ہوتی، وہ جلد سے جلد وہاں سے ایک پیالی چائے پی کر بھاگ جاتا۔ نہ کبھی اُس نے اپنے آپ کو لیڈر کہلوایا، نہ کبھی پارٹی کا کوئی عہدہ لیا۔ ایک بار تو پارٹی نے اُسے چناؤ لڑنے کے لئے ٹکٹ بھی دیا مگر کدم نے اپنے ایک دوست کامریڈ کا نام پیش کر دیا اور چناؤ میں دوست کو کامیاب کرانے کے لئے دن رات ایک کر دیئے۔ دوست الیکشن بھی جیت گیا اور پانچ برسوں میں کافی دولت بھی سمیٹ لی۔ رچنا کو پتہ چلا تو وہ سرد آہ بھر کر رہ گئی۔

'انقلاب... انقلاب... آخر کب آئے گا تمہارا انقلاب؟ کیا تب تک میں پھٹی ہوئی ساڑی میں رہوں!' وہ روہانسی ہوگئی۔ 'میرا بھی دل کرتا ہے کہ میں دوسروں کی طرح پہنوں اوڑھوں کھاؤں پیوؤں، ہمارا بچّہ الیکٹرانک کھلونوں سے کھیلے۔ ہمارے پاس پیسہ آئے، خوب سارا پیسہ!'

'میں کامریڈ ہوں، لیفٹسٹ ہوں، تحریک کے لئے میں نے اپنے آپ کو قربان کر دیا ہے۔'

'مگر یہ تو میرے اور میرے بچّوں کے ساتھ ناانصافی ہے۔'

'گاندھی جی لاکھوں کروڑوں روپے کما سکتے تھے مگر نہیں کمائے۔ اُن کی بیوی بھی

اُن کے ساتھ غُربت میں گزارہ کرتی رہیں۔ وہ گاندھی جی کی طاقت بن کر کھڑی رہیں۔'

'تو کیا میں بھوکے پیٹ رہ کر تمہاری طاقت بنوں؟'

رچنا جھنجھلاتی اور کامریڈ کدم کروٹ بدل کر سو جاتا۔

ایک دن کامریڈ کدم کے ساتھ اس کا پرانا دوست مہادیو جوگدنڈ آیا۔ سفید لباس پہنے، گلے میں سونے کی موٹی چین، کلائی میں گھڑی، انگلیوں میں سونے کی انگوٹھیاں!

رچنا ہکّا بکّا رہ گئی۔ اُس نے چولہے پر چائے چڑھائی۔ کامریڈ کدم اور جوگدنڈ کسی آندولن کے بارے میں باتیں کر رہے تھے۔ اتنے میں کدم اور رچنا کا بیٹا سنجو آیا۔ جوگدنڈ نے اُسے قریب بُلایا، پیار کیا۔

'کتنا چھوٹا تھا تُو۔ آ اِدھر بیٹھ۔' پھر جیب سے نکال کر سو روپے کا نوٹ دیا۔ 'لے مٹھائی کھا لینا۔'

سنجو نے سو کا نوٹ ہاتھ میں پکڑا۔ پہلے کدم کو دیکھا پھر ماں کی طرف دیکھا۔

رچنا نے کہا۔ 'سنجو! نوٹ واپس دے دے کاکو...'

جوگدنڈ نے کہا۔ 'رہنے دو بھابی! میں بچّے کو دے رہا ہوں۔'

رچنا نے کچھ نہ کہا۔ وہ چولہے سے چائے کی پتیلی اتارنے لگی۔ چائے میں دودھ ڈال کر تین کپ بنائے اور سوچنے لگی۔ جوگدنڈ اور کدم نے ساتھ ساتھ نعرے لگائے تھے۔ مگر آج کدم کہاں رہ گیا اور جوگدنڈ کتنا آگے نکل گیا ہے۔ اُس نے سُنا جوگدنڈ کہہ رہا تھا۔ 'کیا کرتا یار، گھر والے کہتے تھے ٹی وی چاہیئے۔ اچھے کپڑے چاہیئے، گھر چاہیئے۔ بیوی کو زیور چاہیئے۔ لڑکے کو ہیرو ہونڈا چاہیئے۔ میں آندھرا پردیش چلا گیا۔ پارٹی کے لئے کام کیا۔ ایسے امیروں کو لوٹا جو غریبوں کا استحصال کرتے تھے۔ پھر واپس لوٹ آیا۔

کامریڈ کدم نے پوچھا۔ 'کیا تجھے اُن سے خطرہ نہیں ہے؟'

'جب تک زندگی باقی ہے، چلتا رہے گا۔ موت اُن کے ہاتھ ہے تو کیا کر سکتا ہوں۔'

***

رچنا نے کہا۔ 'جب سے شادی ہوئی ہے، اس گھر میں پیٹ بھر کھانے کو ترس گئی ہوں۔'

'کامریڈ کدم نے پھر اُسے سمجھایا۔ 'کالی رات جلد ہی ختم ہوگی۔ اور لال سورج طلوع ہوگا۔'

لیکن سال پر سال گزرتے رہے۔

سورج صرف غروب ہوتا رہا۔ طلوع کبھی نہیں ہوا!

ایک دن آندولن میں نعرے لگا کر جب کامریڈ کدم گھر واپس آیا تو بیوی نے کہا۔ 'آج پڑوسی نے اپنے سنجو کو ٹی وی نہیں دیکھنے دیا۔ بھگا دیا۔'

'وہ دیکھتا ہی کیوں ہے ٹی وی!'

'کیوں دیکھتا ہے؟ تم کیسے باپ ہو۔ وہ بچّہ ہے۔ جنگل بک سیرئیل اُسے پسند ہے۔'

کدم منہ ہاتھ دھو کر آیا۔ کھانا پروستے ہوئے رچنا نے کہا۔ 'کیوں جی، اپن ایک آدھ چھوٹا موٹا ٹی وی نہیں خرید سکتے؟'

'مشکل ہے۔ میں کسی سے رشوت نہیں لیتا۔ ہفتے نہیں کھاتا۔ چوری نہیں کرتا۔'

'پھر آپ کوئی پارٹی کیوں نہیں جوائن کر لیتے، جہاں پیسہ ملتا ہو۔'

سنجو بولا۔ 'بابا، بابا... آپ کلکرنی کاکا والی پارٹی کیوں نہیں جوائن کر لیتے، وہ لوگ دکانداروں کی پٹائی کرتے ہیں، ہفتہ وصولی کرتے ہیں۔ صاحب لوگوں کے منہ پر کالکھ ملتے ہیں۔ سب لوگ اُن سے ڈرتے ہیں۔'

'حرام خور!' کامریڈ کدم بھڑک گیا۔ 'تو مجھے ہفتہ وصولی کے لئے کہہ رہا ہے؟'

'ٹھیک ہے، ہفتہ وصولی مت کیجئے۔ کوئی نوکری کر لیجئے۔' بیوی نے کہا۔

***

کامریڈ کدم کبھی کبھی شراب کے نشے میں اُن لوگوں کو گالیاں دیتا جنہوں نے دولت

کو اپنے گھر کی رکھیل بنا دیا ہے۔ وہ کہتا'۔ غریبوں کی ہائے لے کر ہائے فائے زندگی گزارنے والوں کا جلد ہی بینڈ بجے گا۔'

کامریڈ کدم کی نظر میں جو گدنڈ غدّا رتھا۔

جو گدنڈ بعد میں پھر کبھی گھر نہیں آیا۔

رچنا اُس کی بات چھیڑتی تو کدم ٹال جاتا۔

***

ایک رات کامریڈ نے رچنا سے کافی باتیں کیں۔

سوتے ہوئے بیٹے سنجو کو پیار کیا اور سو گیا۔ پھر کبھی نہ اٹھا۔

سوتے میں ہی اس کی موت ہوئی تھی۔

آخری رسومات پر گاؤں کے لوگوں، دوستوں، رشتے داروں کے کہنے پر بڑا تام جھام کرنا پڑا، ورنہ بھگوان ناراض ہو جائے گا، موکش پر اپت نہیں ہوگا! اگر کوئی کمی رہ گئی تو گاؤں والے بھی نام رکھیں گے۔ اس دباؤ میں رچنا نے کان کی بالیاں جو وہ اپنے مائیکے سے لائی تھی، اور منگل سوتر فروخت کر دیا اور برادری کو کھانا کھلایا۔

وقت گزرتا رہا۔

کامریڈ کدم کا لڑکا سنجو جوان ہو گیا۔

اور ایک دن اُس نے ماں کو خوش خبری سنائی۔

'ماں! میں نے ٹکلکرنی کا کاوالی پارٹی جوائن کر لی ہے۔ لوگ جس سے ڈرتے ہیں!'

بلّی

مَیں سمندر کنارے ریت پر بیٹھا تھا۔ میں بیٹھا تھا سمندر کو نِہارتا ہوا، کہ مجھے لگا کوئی مجھ سے ہولے ہولے کہہ رہا ہے۔

'تیرا نام کیا ہے؟ اور نام کیوں رکھے جاتے ہیں؟' پھر میں نے سُنا۔ 'کبھی سر پر چھت، کبھی سر چھت پر، پھر بیوی، پھر بچّے، پھر اخراجات۔'

'نہیں!' مجھے لگا میں چیخ رہا ہوں۔ 'اُن سب کے علاوہ ایک بلّی، ہری ہری آنکھوں والی، آتے جاتے پیروں کے اطراف گول گول دائروں میں گھومتی ہوئی ایک بلّی!'

خاموش ہوا تو لگا سانس پھول گئی ہے۔ مجھے خوشی ہوئی کہ پھر اُس آواز کو میں نے بولنے نہ دیا اور واقعی پھر بہت دیر تک کوئی مجھ سے بولا بھی نہیں۔

کہیں زور کا کھٹکا ہوا تھا۔ نیند اُچٹ گئی تھی۔ ایک خوفناک خواب تھا کہ جیسے نیند کا مطلب ہی اب خوفناک خواب ہو کر رہ گیا ہے۔

ایک بڑے گھر کا چھوٹا سا پچھواڑہ، بڑے گھر سے پچھواڑے کو الگ کرتی ایک دیوار اور اونچی دیوار سے گھِری اس برآمدہ نما جگہ پر ہم نے اپنا 'گھر سنسار' سجایا ہے۔ دیوار پر چڑھ کر ہمیشہ کی طرح پھر ایک بار بلّی اوپر سے نیچے کودتی ہے اور پوری گرہستی کو تہس نہس کر دیتی ہے۔

اس آواز سے میں اٹھ بیٹھا ہوں۔ بکھری چیزوں کو دیکھ رہا ہوں۔ نمک کا ڈبّہ اُلٹ گیا ہے۔ ہلدی کا پاکٹ کھُل گیا ہے۔ تیل کی شیشی لُڑھک گئی ہے، آٹے کا کنستر ڈول رہا

ہے، دھنیا، گرم مصالحہ، مرچی پاؤڈر اور پتہ نہیں کیا کیا الّم غلّم آپس میں رُل رہے ہیں۔

بیوی نقصان سے رنجیدہ ہو کر بھی اطمینان ظاہر کرتی ہے۔

'اچھا ہوا، دودھ سلامت ہے۔'

'لیکن یہ سب بکھر گیا اِس کا کیا؟'

'سمیٹ لیں گے، زندگی بھر سمیٹتے ہی تو آئے ہیں۔' بیوی کے لہجے میں طنز کی کاٹ تھی۔

ہزاروں سال پہلے گرہستی تہس نہس کرنے والی یہ بِلّی ہمارے گھر آئی تھی، وہ شیر کی خالہ تھی اور شیر نے آگ لینے اُسے ہمارے گھر بھیجا تھا۔ مگر بِلّی آگ لینے آئی اور یہیں رہ گئی۔ پہلے تو وہ ہمارا پیار دُلار پاتی رہی، پھر بعد میں اس نے اپنی خصلت دکھانا شروع کی۔

شہر میں آنے کے بعد بِلّیوں سے میرا قدم قدم پر سامنا ہوا ہے۔ میں گاؤں سے آیا تو روٹی کی تلاش میں پھنسا دیا گیا ایک پنجرے میں، جس میں روٹی کا ٹکڑا پھنسا تھا۔ میں پنجرے میں بند تھا اور بدصورت، خوبصورت موٹی، دُبلی بِلّیاں پنجرے کو گھیرے بیٹھی تھیں، ازل سے شاید!

بِلّی ہمیشہ کی طرح اوپر سے نیچے کودتی ہے اور سارا سنسار جو بیوی، بیٹی اور میں نے بڑی محنت سے سنجویا ہے، برباد کر دیتی ہے۔ ذرا بیوی کی نظر چُوکی کہ بِلّی کُودی سمجھو۔ اور ایک دوسری بِلّی جس سے میں گھر کے باہر نبرد آزما ہوں، میرے خوابوں کو توڑ دیتی ہے، اُن کی کرچیاں بکھر جاتی ہیں، بجٹ ڈانواڈول ہو جاتا ہے، پلان بکھر جاتے ہیں۔

اِن بِلّیوں نے مجھے زندگی کی چوہا دوڑ میں شامل کرا کے بالکل چوہا بنا دیا ہے۔ میں نے بِلّی کو مارنے کی کوشش کی۔

'گربہ کُشتن روزِ اوّل!'

'مارنا نہیں، مارنا نہیں اسے۔' بیوی نے منع کیا۔

'کیوں؟' میں نے پوچھا۔

'سونے کی بلّی چڑھانا پڑے گی جانتے ہو، اور نئی نئی آفتیں ٹوٹ پڑیں گی!'

بلّی میرے حواس پر چھائی ہوئی تھی۔ میں آٹھوں پہر بلّی سے متعلق سوچ رہا تھا۔ کچھ اس طرح وہ ہمارے روزمرّہ میں داخل ہوئی تھی کہ مجھے لگتا، میں بھی اُس کے روٹین میں شامل ہوں!

***

آج کتنے دنوں بعد اطمینان سے سویا تھا۔ کچھ دنوں پہلے چھوٹے بھائی کو ٹھیک ٹھاک نوکری مل گئی تھی اور اُس نے اپنے آفس کی ایک لڑکی سے فوراً شادی بھی کر لی تھی۔ شادی کی خبر ماں نے ایک خط کے ذریعے دی تھی۔ پتا جی کی تصویر آج مجھے مطمئن نظر آئی تو میں بھی اطمینان سے سو گیا۔

ساڑھے چار برس کی بیٹی ناگپور جانے کا پروگرام بناتی رہی۔ اپنے جمع ضرب، تفریق تقسیم سے تھک کر شام ہوتے ہی دادی دادی کرتی سو گئی۔

کیا اُس کے لئے دادی ایک محفوظ 'ڈیسٹی نیشن' ہے؟ میں سوچتا رہا۔

بیوی کہنے لگی۔ 'ماں جی نے خط میں لکھا ہے کہ اب اُن کا دل وہاں نہیں لگتا۔ لیکن ہم انہیں یہاں رکھ بھی نہیں سکتے! ہم دونوں تو کسی طرح گزارہ کر لیتے ہیں لیکن ماں جی۔۔۔ اور پھر یہاں اُن کی صحت بھی ٹھیک نہیں رہتی۔ ناگپور میں کم سے کم طبیعت تو ٹھیک ہے۔'

بیوی نے یہ سب کہتے ہوئے ایک بار پھر مجھ سے آنکھ نہیں ملائی۔ وہ صرف کہتی رہی، اور جھکے ہوئے چہرے کے ساتھ، بلا وجہ پاؤں ہلاتے ہوئے میں سُنتا رہا۔

'ماں نے کہا ہے کہ آپ جا کر انہیں لے آیئے۔ لیکن آپ جائیں گے کیسے؟'

'ہاں بھلا میں کیسے جا سکتا ہوں! چاروں طرف بلّیاں ہیں، کودتی پھاندتی بلّیاں، مہینے سے پہلے تنخواہ ختم کر دینے والی بلّیاں! چادر سکیڑتی، خرچ بڑھاتی بلّیاں! چادر سے باہر نکلتے ہاتھ پاؤں کاٹنے پر اُکساتی بلّیاں، روتی رُلاتی، اپنا احتساب نہ کرنے دیتی

ہوئی بِلّیاں۔ ایسی بِلّیوں کو ختم کرنے کے لئے بھی کیا سونے کی بِلّی چڑھانا ضروری ہے؟'
میں بیوی سے سوال کرتا ہوں مگر وہ سمجھدار ہے، بڑی احتیاط سے بات کرتی ہے۔

***

ایک مرتبہ شیر کی تصویر دیکھ کر میں نے سوچا۔ 'شیر کا تصور کرنے کے لئے آپ کے پاس بِلّی کا ہونا ضروری ہے!'

اب تو خراٹے بھرتی بیوی بھی خُرخُر کرنے والی بِلّی لگتی ہے۔

ایک مرتبہ بیوی کے ساتھ مارکیٹ گیا تو بیوی اچانک بولی۔ 'رُکو... رُکو! کالی بِلّی راستہ کاٹ رہی ہے۔'

میں نے سوچا۔ 'تم سے بھی بڑی کوئی بِلّی ہے!'

لیکن میں نے کہا۔ 'چلو کچھ نہیں ہوتا۔ شاید ہم اُس کا راستہ کاٹ رہے ہوں!'

جب بھی ہماری نظر بِلّی پر پڑتی اور لگتا کہ بس وہ اب کُودی، تو ہم اُسے دوسری طرف ہنکا دیتے، مگر ذرا نظر چُوکی کہ بِلّی باتھ روم کی نالی کے سوراخ سے اندر گھُس آتی تھی۔ نالی کے سوراخ سے اندر آتی ہوئی بِلّی نقصان نہیں پہنچاتی تھی۔ وہ دبے پاؤں آتی، ٹوہ لیتی کہ کہاں کیا چل رہا ہے؟ دیکھتی اور ایک آدھ برتن چاٹ چوٹ کر نکل جاتی۔ لیکن جب وہ ہم سب کی نظریں بچا کر دیوار سے کُودتی تو سارے کِئے کرائے پر پانی پھِر جاتا۔ پھر بِلّی کچھ خوش، کچھ ڈری سہمی دروازے کے قریب دُم اٹھائے کھڑی رہتی، جیسے ایک مکّار چمک آنکھوں میں لئے حالات کا اندازہ لگا رہی ہو۔ بیوی کہتی۔ 'دیکھئے خطرناک سی لگ رہی ہے۔ ہوسکتا ہے جھپٹ پڑے۔'

میں کونے میں پڑا ڈنڈا اٹھالیتا۔ لیکن بیوی مجھے پھر روک دیتی۔ 'مارنا نہیں!'

'نہیں، میں صرف اُسے ڈرانا چاہتا ہوں۔'

اُس دن بھی بِلّی نے مجھے دیکھا تو فوراً دُم دبا کر نالی کے سوراخ سے نکل بھاگی۔

'چلیئے، میں سب سمیٹتی ہوں، شیشے کے ٹکڑے جمع کرتی ہوں۔'

بچّی سوتے سے اٹھ کر سہمی سی میرے پاس آ کر کھڑی ہوگئی تھی۔ وہ اتنی کم عمری میں بہت کچھ جان گئی ہے۔ صبح اُس نے مجھے مطلع کیا تھا۔ ’ڈیڈی! آپ نہیں تھے تو مکان مالک آیا تھا۔‘ مکان کا نہ دیا گیا کرایہ اس چھوٹی سی عمر میں ہی اس کی تشویش کا باعث بن گیا ہے۔ بیوی نے جیسے دلاسہ دیا۔ ’کیا دیوار پر شیشے کے ٹکڑے اور نالی کے سوراخ پر جالی نہیں لگائی جاسکتی؟‘

بچّی بولی۔ ’چلو ڈیڈی! ماں جھاڑو لگا رہی ہے۔ ہم ذرا باہر سے ٹہل کر آئیں۔‘

اس طرح ہم تینوں ایک دوسرے کو آنے والی صبح کے لئے تیار کرتے ہیں۔

***

ایک مرتبہ بِلّی مجھے دیکھ کر اچانک بھاگ گئی۔ میں سوچتا رہا کہ بِلّی اچانک کیوں بھاگی؟ بعد میں بِلّی کی فطرت کا ایک گوشہ یوں کھُلا کہ اگر بِلّی مالک کی کوئی ایسی چیز چُرا لیتی ہے جو مالک نے احتیاط سے رکھی ہو تو بِلّی اِس ڈر سے کہ کہیں ماری نہ جاؤں، بھاگ جاتی ہے۔ بعد میں خوشامد کرنے لگتی ہے۔ اپنا بدن مالک کے پیروں پر رگڑنے لگتی ہے۔ وہ سوچتی ہے کہ اس خوشامد سے وہ اپنے مقصد میں کامیاب ہوجائے گی اور معاف کردی جائے گی۔

بِلّی نے میرا کیا چُرایا ہے، یہ میں اچھی طرح سے جانتا ہوں! میں بِلّی کی پینترے بازی سمجھنے لگا ہوں۔ میں اُسے اتنی جلدی معاف بھی نہیں کروں گا۔

***

میں سمندر کنارے بیٹھا تھا اور گھٹنوں گھٹنوں پانی میں بیوی دُور تک چلی گئی تھی۔ بچّی ریت کا گھروندہ بنا رہی تھی اور سہا ہوا سمندر جھاگ چھوڑ رہا تھا۔ میں اٹھا اور پانی میں چلتا ہوا بیوی کے قریب پہنچا۔ اُسے کمر سے پکڑ لیا، پھر اُسے گھسیٹتا ہوا گہرے پانی میں لے گیا۔ پھر وہاں سے اُتھلے پانی میں ریلتا ہوا لایا۔ اُسے چلّانے کی بھی مہلت نہ دی۔ تب شاید ہماری اس حرکت پر سمندر کو شرم آئی اور ایک بھاری بھرکم لہروں کی رضائی اُس نے

ہم پر اُڑھا دی۔ جب سمندر لہروں کی رضائی لے کر دُور ہوا تو میں نے اپنے نیچے مچلتی بیوی کو زور سے دبوچ لیا اور بولا۔ 'اپن گھوڑا گھوڑا کھیلیں گے!'

لیکن وہ ٹھہری مچھلی، پھِسل گئی۔ میں گل ڈالے بیٹھا رہا۔ وہ دوبارہ نہیں آئی۔ مجھے اچھا نہیں لگا۔ میرے اندر کہیں میٹھا میٹھا درد اٹھا۔ بیوی سے میں نے پھر کہا۔ 'اپن گھوڑا گھوڑا کھیلیں گے!'

'مجھے اچھا نہیں لگتا!' وہ چڑھ کر بولی۔ 'پانی میں گھوڑا گھوڑا کھیلنا مجھے اچھا نہیں لگتا۔'

غصّہ اگر کہیں دھرا رہ سکتا ہے تو وہ اُس کی ناک پر دھرا تھا۔

میں نے اُسے منایا۔ 'میری مچھلی! یا تو میرے کانٹے میں پھنسو، یا مجھے کانٹے سمیت کھینچ لے چلو!'

مگر وہ کچھ نہ بولی۔ مجھے اچھا نہیں لگا۔ میں فقط دیکھتا رہا کہ وہ میرے ساتھ بھی تھی اور نہیں بھی تھی۔ بھیڑ سے دُور سمندر کنارے بیٹھا ہوا میں، نرم اور ٹھنڈی ریت! پھر مجھے لگا کہ جیسے میرے کان میں کوئی بول رہا ہے۔

'سر پر چھت، بیوی، بچّے، اخراجات!'

'نہیں! ان میں ایک بلّی! میں تقریباً چیخا۔ 'ایک بلّی ہری ہری آنکھوں اور مخملی دُم والی۔

''ٹھیک ہے، ٹھیک ہے۔' آواز نے اقرار کیا۔ 'یہ گھنٹی لے اور بلّی کے گلے میں باندھ۔' میں اٹھا اور گھنٹی جیب میں رکھی۔

'کہاں جا رہے ہو؟' بیوی نے پوچھا۔

اگر میں کہیں جا رہا ہوتا تو بولتا۔ میں نے کوئی جواب نہ دیا اور چلتا بنا۔ بھیڑ میں مجھے لگا کہ گھنٹی نہیں بجنا چاہیئے۔ میں نے احتیاط برتی مگر گھنٹی بار بار بجی اور جب نہیں بجی تب بھی مجھے لگا کہ بج رہی ہے!

میں نے کچھ دن بلّی کا انتظار کیا۔ مگر وہ نہ آئی۔

اور جب اچانک ایک دن آئی تو میں نے گھنٹی بہت تلاش کی مگر حیران ہوا کہ گھنٹی کہاں گم ہوگئی؟

شیلا نے کہا۔'ہاتھی سے بڑے ڈیل ڈول والا کوئی جانور آج اس دنیا میں نہیں ہے۔ اتنے بڑے جانور کے دل میں خُدا نے بلّی کا خوف رکھ دیا ہے۔'

میں بیوی کی بات پر چونک گیا اور میرے اندر شک کی چھپکلی چک چک کرنے لگی۔

***

وقت زندگی کی مُٹّھی سے ریت کی صورت پھسلتا رہا۔

تجربات سے پتہ چلا کہ گھنٹی کا ملنا اور بلّی کا گم ہونا ایک خواب سے زیادہ کچھ نہیں۔ حقیقت بلّی کا دیوار سے گُودنا ہے۔

ایک پڑوسی نے مجھے بتایا کہ ہمارے کلچر میں بلّی کو مارا نہیں جاتا، بھگا دیا جاتا ہے۔ ہم بلیّوں کو اپنے گھر سے بھگانے میں لگے رہتے ہیں لیکن بلّیاں بھاگ کر پھر واپس آ جاتی ہیں، بالکل اسی طرح جیسے سڑک واپس آتی ہے۔

میں نے بیوی اور بیٹی کو بتایا کہ بلّی سے دودھ کو بچائے رکھنے کے لئے ہمیں خوب ہوشیار اور مستعد رہنے کی ضرورت ہے۔

ہم نے نالی کا سوراخ اینٹ سے بند کر دیا، ٹوٹنے پھوٹنے والے سامان اندر کے کمرے میں رکھ دیئے۔ لیکن کیا کیا بچائیں اور کب تک بچائیں؟

نہ معلوم میں اب اطمینان سے کبھی سو پاؤں گا بھی یا نہیں؟ اکثر بلّی کو اپنے آس پاس دبے پاؤں گھومتے دیکھتا ہوں۔ بے آواز چلتی ہوئی بلّی، کب کس طرف سے حملہ کر دے کچھ کہا نہیں جا سکتا۔ رات دن بلّی اپنے مقصد اور ہدف میں کامیاب ہونے کے لئے کوشاں رہتی ہے اور ایک بلّی کئی کئی بلیّوں میں تبدیل ہوتی جاتی ہے۔

بِگ بینگ

ہاں تو ایک دن کیا ہوا، کہ چھاجوں پانی برسا، سارا شہر جل تھل ہو گیا۔

ماہم اسٹیشن پر ریل کی پٹریاں پانی میں ڈوب گئیں! ویرار کی لڑکی چرچ گیٹ میں پھنس گئی! کیسے جائے گی گھر... ٹرین بند ہو گئی...

اور وہ لڑکا جس کی مسیں بھیگ رہی تھیں، اس کا کیا ہوا؟

وہ لڑکا، جو گاؤں نہیں جانا چاہتا۔ وہ لڑکا جو کاغذ کی ناؤ لایا تھا اپنے ساتھ، جو یہاں کے سمندر میں تیرائی نہ جا سکی، وہ لڑکا جو ہاوڑا ایکسپریس سے آیا تھا اور دادر اسٹیشن کے پلیٹ فارم پر اترا تھا۔ چکا چوندھ کو چھونے کی آرزو لے کر... وہ لڑکا جو اپنے خوابوں کو حقیقت کا روپ دینا چاہتا تھا۔ اپنا کلچر لایا تھا اپنے ساتھ، یہاں آ کر بھیڑ میں تبدیل ہو گیا، یہاں آ کر اس کا کلچر دوسرے تمدنوں کے ساتھ مل کر چوپاٹی کی بھیل بن گیا۔

وہ لڑکا جو بھیڑ میں اکیلا رہ گیا...

تو بھیّا! ایک دن کیا ہوا کہ چھاجوں پانی برسا کہ سارا شہر جل تھل ہو گیا، ماٹونگا علاقے میں پانی بھر گیا۔ ڈِزاسٹر مینجمنٹ ہاتھ ملتا رہ گیا۔ سمندر غصہ ہوا کہ میں تو اونچی ذات کا ہوں اور اچھوت پانی کیسے قبول کروں... اور ایسے میں بھیّا چاروں طرف جل تھل کہ ٹیکسی نہیں کہ رکشا نہیں، لال رنگ کی بسیں بھی جان چھڑا کر خدا جانے کہاں جا چھپیں!

ماٹونگا کے بھرے ہوئے پانی نے سمندر کے رویے پر افسوس کا اظہار کیا۔ سمندر تو تعصب پر اتر آیا ہے۔ خدا خیر کرے!

تو لڑکی ویرار کی، پھنس گئی چرچ گیٹ میں۔ لیکن وہ واٹر پروف تھی۔ نان میگنیٹِک بھی تھی، آٹو میٹک تھی کہ ٹک ٹک کرنے لگی۔

چاروں طرف پانی ہی پانی تھا۔ کہ گھٹنوں تک پانی تھا کہ گلے تک پانی تھا... کہ سر سے اونچا پانی تھا! کہ مسلسل لڑکی کے اندر بلاسٹنگ ہو رہی تھی کہ بت ٹوٹ رہے تھے!

ملبہ اُڑ رہا تھا اور لڑکا زخمی ہو رہا تھا۔ اندر سے باہر سے، اوپر سے نیچے سے، دائیں سے بائیں سے...

کیا لڑکے کی مسیں آج رات بھیگ جائیں گی!

لڑکی کے لئے یہ ایک لمحہ فکریہ تھا۔

جیسے ممبئی پہلے پانچ جزیروں کا شہر تھا، وہی حالت پھر سے پیدا ہوگئی۔ پانچ جزیرے پھر اُبھر آئے!

***

لڑکے نے کہا۔ ''گھبراؤ نہیں! میں ہوں نا تمہارے ساتھ، کانپو نہیں سردی سے، میرا کوٹ لے لو، مجھ پر بھروسہ کرو، میں ہوں نا تمہارے ساتھ!''

کہیں کچھ کھانے کے لئے نہیں تھا۔

لڑکی نے اپنے بیگ سے ویفر کا پیکٹ نکالا، پھر پانی کی بوتل نکالی، اور لپ اسٹک درست کی۔

''کیسی لگ رہی ہوں میں!''

لڑکے نے کہا۔ ''صبح کچھ پتہ نہیں چلا، صبح تو چٹک دھوپ تھی، پھر اچانک بارش ہوگئی! اور اتنی بارش! ایسی بارش میں نے کبھی دیکھی نہیں!''

لڑکی نے کہا۔ ''تم جانتے ہو میرے اندر بلاسٹنگ ہو رہی ہے اور تم ہو کہ گھونچو، اور تم ہو کہ بدھو، کچھ سمجھتے ہی نہیں، اور تم ہو کہ دبّو، کچھ پلّے ہی نہیں پڑتا تمہارے۔''

''مسیں بھیگنے کا انتظار کرو مونا ڈارلنگ!'' لڑکا کہتا ہے۔

''دیکھوں گی، دیکھوں گی اور نکل جاؤں گی! ہاں... میں بھی آخر کب تک انتظار کروں۔''

***

''آؤ کہ ایک خواب بنیں!''

''آؤ کہ ایک خواب کو شرمندۂ تعبیر کریں۔''

''خدا کرے پانی اسی طرح برستا رہے، سارا شہر ڈوب جائے پانی میں، ساتوں سمندر ایک ہو جائیں اور کیا ہی اچھا ہو کہ یہ پانچ جزیروں والا شہر تمہارے والد مجھے تمہارے جہیز میں دے دیں!''

''مگر نہیں دیں گے، کیونکہ تم جارج دوّم نہیں ہو۔''

''تم بھی کہاں پرتگال کی شہزادی ہو؟''

''بکواس بند کرو... آؤ کہ ایک کشتی بنائیں، ایک ایک جوڑا ہر متنفس کا لے لیں، کشتی بنائیں، چپّو چلائیں، مجھے چپّو چلانے میں بڑا مزا آتا ہے۔''

''چپّو چلا کر کہاں جائیں گے۔''

''کہیں بھی، بس چپّو چلاتے رہیں گے قیامت تک، کشتی چلے نہ چلے۔''

''اور تمہارے ماں باپ!''

''سب پر ڈالو خاک، مرنے دو سالوں کو، ایک تم اور ایک میں، بس اتنا ہی یاد رکھو، ایک ہپّی دوست نے کہا تھا، سانپ کو پال لو، باپ کو نہیں۔''

''بلاسٹنگ ہو رہی ہے۔ زمین طرح طرح کی دھاتیں اُگل رہی ہے، مگر پڑے پڑے خراٹے لے رہے ہیں سالے۔ ملبوسات کے ٹانکے ادھڑ رہے ہیں۔ دھماکے، دھماکے، دھماکے، مگر چین کی بنسری بجا رہے ہیں سالے۔ نیرو کی اولاد کہیں کے۔''

''اخلاقیات پر حملہ مت کرو اور ماں باپ کو بیچ میں مت لاؤ۔ آخر انہوں نے تمہیں پیدا کیا ہے۔''

''ہم نے کب کہا تھا ان سے کہ ہمیں پیدا کرو، بھاڑ میں جائیں ایسے ماں باپ۔''

''چھوڑو سب، کشتی بناؤ کشتی، پہلے بیٹے کو چھوڑ دیا تھا۔ اس دفعہ بیٹے کو کشتی میں بٹھا لو، باپ کو چھوڑ دو۔ جب پانی اترے گا تو تمہاری کشتی جودی پہاڑ پر ٹنگی ہوگی۔''

''باپ رے، تو پھر اتریں گے کیسے؟''

''پانی اترے گا تو ہم بھی اتر آئیں گے۔''

''ابّا آئے تھے، اس شہر میں شاید بن باس کاٹنے۔''

''ان کے پیچھے امّاں بھی تو تھیں۔''

''کہاں سے آئے تھے پتہ نہیں وہ لوگ، مگر آئے تھے ضرور۔''

''نہیں وہ کہیں سے آئے نہیں تھے، وہ ہمیشہ سے یہیں تھے۔''

''وہ ہمیشہ سے یہیں کیسے ہو سکتے ہیں، وہ کہیں نہ کہیں سے تو آئے ہوں گے۔''

''جانے دو... میرا سر درد کرنے لگا ہے۔''

''سنا ہے وہ ستّو پر گزارہ کرتے تھے۔''

''ستّو! واہ کیا چیز ہے، ستّو من بھتّو، جب گھولے جب کھائے... واہ!''

''لیکن تم کب آئے تھے؟''

'' آئے تھے ہم بھی، کبھی نہ کبھی۔ جب گھنا اور چمکدار اندھیرا تھا، مگر آنکھیں چندھیا رہی تھیں، جسم پر کانٹے اگانے والا سناٹا تھا اور تم جانتی ہو یہ واقعہ سورج کے جنم سے پہلے کا ہے۔ پھر ایک ٹھنڈی ٹھنڈی، سہانی ہوا کا جھونکا آیا تھا۔ وہ ریشمی ہوا تھی اور وہ مسرور کرنے والا جھونکا تھا اور پتہ ہے تمہیں اس جھونکے کی خوشبو بانجھ نہیں تھی اور میں نے اسے پکڑ لیا تھا۔''

''...پھر ایک بڑا دھماکہ ہوا تھا۔ بِگ بینگ۔ یاد ہے تمہیں اور ایک چیخ!''

''وہ چیخ کس کی تھی۔ کیا وہ دنیا کے پیدا ہونے کی چیخ تھی؟''

***

لڑکا اب گاؤں نہیں جانا چاہتا۔ شہر اس کے لئے ایک کمبل کی طرح ہے جو اسے کسی طور نہیں چھوڑتا۔ وہ گاؤں کا بڑا مکان چھوڑ کر اپنے خواب شرمندۂ تعبیر کرنے یہاں آیا ہے۔ وہ فٹ پاتھ پر سو جاتا ہے۔ پبلک نل پر کھڑے کھڑے کھلے میں نہاتا ہے۔ مگر گاؤں نہیں جاتا۔ زمین جائیداد، اتنا بڑا مکان، نرم گدے والا بستر اور بند باتھ روم اس کا انتظار کرتے ہیں۔

یہ شہر ہمیشہ اس کے سامنے کھڑا رہا، اسے للچاتا رہا لیکن جب وہ چھونے کے لئے آگے بڑھا تب شہر دور چلا گیا، مگر وہ رہا نظروں کے سامنے، لڑکا کوشش کرتا رہا... مگر ہارتا رہا... شہر جیتتا رہا... یہ شہر ایک خواب تھا جو اس نے دیکھا تھا۔ جس طرح بحر عرب شہر کو گدگداتا ہے اسی طرح یہ خواب بھی ایسے گدگداتا تھا!

تو بھیّا! کشتی تیار ہے، بھوک شدید ہے لیکن پیاس عنقا ہوگئی ہے اور نان بائی کے پاس روٹی نہیں کیونکہ اس کے تندور سے پانی ابل رہا ہے۔ کھانے کے لئے ویفر کا ایک پیکٹ اور پانی کی بوتل ۔ بھیّا کیا کریں، کہانی سنیں کہ سر دھنیں کہ جودی پہاڑ پر اٹک جائیں کہ قابیل کی طرح ہابیل کو قتل کریں کہ یاجوج ماجوج کی طرح دیوار چاٹیں! کہ اپنا ایک کان بچھا کر دوسرا اوڑھ لیں۔

تو بھیّا! ویرار کی لڑکی پھنس گئی چرچ گیٹ میں اور پانی ہی پانی!

***

گاؤں سے خط آیا ہے۔ ماں کی طبعیت خراب ہے، بہن کے ہاتھ پیلے کرنے ہیں، کالی بھینس نے بچھڑا دیا ہے۔ باپ کہتا ہے تجھے بی ایس سی ایگریکلچر اس لئے کرایا تھا کہ شہر کی خاک چھانے، وڑا پاؤ پہ گزارہ کرے، ارے اپنے پاس زمین ہے، زرخیز زمین! تُو اگر یہاں آجائے تو اور زیادہ اناج اُگلے گی، یہاں کی حلوا پوری چھوڑ کر تو وہاں وڑا پاؤ کھا رہا ہے؟ لڑکی والے پوچھ رہے تھے۔ ان کو میں کیا جواب دوں؟ ماں تیری فکر کرتے کرتے بیمار ہوگئی۔ آجا بیٹا آجا! اپن سویابین کی کھیتی کریں گے، اپن یوکلپٹس کے درخت

لگائیں گے...

اور دیکھتے ہی دیکھتے جو اُبھرے تھے پانچ جزیرے، آن واحد میں غائب ہو گئے۔ منظر دھل گئے، پانی اتر گیا، سمندر نے ضد چھوڑ دی۔ پانی اترا تو دونوں کشتی سے اتر آئے۔ لڑکی نے دیکھا کہ آمدورفت شروع ہو چکی ہے۔ چرچ گیٹ سے ویرار کی طرف نہ صرف ٹرینیں چلنے لگی ہیں بلکہ واپس بھی لوٹ رہی ہیں۔

رات لڑکی نے لڑکے کو رام کیا تھا، صبح رام رام کر دیا۔

لڑکا ہاتھ ہلاتا رہ گیا... تو کیا وہ زندگی بھر ہاتھ ہلاتا رہ جائے گا؟

اور وقت ریت کی صورت زندگی کی مٹھی سے گرتا چلا جائے گا۔

خط آتا ہے تو لڑکا خواب بنے لگتا ہے۔

... شاید اگلے ہی لمحہ کوئی کرشمہ ہو جائے۔ کچھ بھی بگ بینگ، بڑا دھما کہ ہو، اور دنیا بدل جائے!

✍ ✍

جُون

مال گاڑی ریلوے لائن پر دھیرے دھیرے سرکنے لگی، کھٹر کھٹر کی آواز کے ساتھ، آہنی پہیئے کھسکنے لگے، زنجیریں، بند ویگن، تیل کی ٹنکیاں۔ مَیں داہنی طرف تھا اور ریلوے لائن پار کرنا چاہتا تھا۔ بائیں طرف ایک مرگھلا کُتا، کالا نحیف بدن لئے، لپلپاتی زبان نکالے، پیلی پیلی آنکھوں سے خلا میں گھورتا ہوا۔ گزرتی مال گاڑی کے پہیوں کے درمیان ٹوہ لیتا کھڑا تھا۔ میری طرف آنے کی کوشش میں، ریلوے لائن پار کرنے کی عجلت میں۔ کبھی آگے کی طرف کھسکتا کبھی پیچھے کی جانب سرک جاتا۔ مَیں نے اسے زور سے جھڑکا تھا۔

''ارے ہاڑ...'' مجھے لگا تھا کہ رینگتی ریل گاڑی کے پہیوں کے بیچ کی خالی جگہ سے وہ ادھر کی طرف تقریباً کودنے کی کوشش میں ہے۔ اس لئے میں چیخا تھا۔ میرے چیخنے سے وہ پیچھے ہٹا۔ مگر پھر آگے کی طرف جھکا۔

''ارے ہاڑ...!'' میں پھر چیخا۔ مگر دیکھتے ہی دیکھتے وہ ایکدم کود پڑا۔ اور مال گاڑی کا ایک پہیہ اسے کچلتا، کاٹتا گزر گیا۔ کھچک کی آواز کے ساتھ وہ بکھرا، انتڑیوں کے سفید تار، ہرا پانی، پیلا مغز، پنجرا ایک طرف، چمڑی میں جھولتے پاؤں دوسری طرف۔

اب مال گاڑی کی رفتار تیز ہو گئی تھی۔

دھڑاک دھڑاک کی آواز کے درمیان سب کچھ ساکت ہو کر رہ گیا تھا۔ میرے اندر بھی کہیں کھچک کی آواز ابھری تھی۔ میں نے صاف سنی تھی آواز اور میں اندر دور تک بکھر گیا تھا۔ اس کی انتڑیاں اب بھی گول گھومتے پہیوں سے لپٹی چلی جا رہی تھیں۔

میں حواس باختہ گھر آیا۔

نہانے کے لئے ایک ہاتھ میں ٹاول اور صابن دانی سنبھالتا باتھ روم کا دروازہ زور سے اندر کی طرف دھکیلتا داخل ہوا اور ایک دم گھبرا کر باتھ روم سے نکلا، جلدی میں صابن دانی ہاتھ سے چھوٹ گئی۔ باتھ روم میں وہ نہا رہی تھی!

دروازہ کھولتے ہی اندر کی کڑی پھسل گئی تھی اور دروازہ چوپٹ کھل گیا تھا۔ باتھ روم میں کوئی ہے یا نہیں، یہ جاننے سے پہلے ہی میں اندر داخل ہو گیا تھا۔

مَیں پانی پانی ہو گیا اور پانی کو جدھر ڈھلاؤ ملا بہنے لگا۔ جیسے ہی اس نے مجھے دیکھا وہ فوراً پلٹی، کھڑی ہوئی، بیٹھ گئی، ایک ہی وقت میں ڈر اور حیا کے مارے ہاتھوں نے اسے مجھ سے بچایا۔ رشتہ جو بھی تھا اس لڑکی سے مگر یہ سچ ہے اور مجھے اب یہ بات قبول کر ہی لینی چاہئے کہ میرے لئے اس لڑکی میں بڑی کشش ہے۔

***

مَیں بدحواس سا جب ریلوے لائن پر آیا تو کُتّے کا وہ پنجر کالے کوؤں کی چونچ کی ٹھونگوں کے بیچ اِدھر اُدھر اُلٹ پلٹ ہو رہا تھا۔ جیسے اس میں جان تھی۔ جیسے وہ اب بھی پار ہونا چاہتا تھا۔ جیسے اس کی کوئی سمت تھی۔ 'کھچک' کی آواز میرے اندر بالکل تازہ تھی۔ میں نے لمبی سانس بھری تھی۔

بہت دنوں بعد، میں نے اپنے اندر ایک لمبی سانس بھری تھی۔ مگر سارے میں بدبو پھیلی تھی۔ وہ سیدھے میری ناک کے راستے اندر دور تک بھرتی چلی گئی۔ مَیں روک نہ پایا۔ نہ کوئی احتجاج نہ مزاحمت... میرے منہ سے بس یہی نکلا...''ارے ہاڑ!''

وہ لڑکی صبح کے دھندلکے میں کُتّے کی زنجیر تھامے گزرتی ہوئی، آوارہ کتیا کے پیچھے ہاتھ سے زنجیر چھڑا کر بھاگ جانے والا کُتّا... باتھ روم میں چوکور پتھر پر بیٹھی لڑکی... کھونٹی پر ٹنگے کپڑے... سر پر بندھے بال... پورے بدن سے بہتا پانی، کمر کی ڈانڈ سے نتھرتی پانی کی دھار... کبھی کبھی کتنا حسین ہوتا ہے پانی کا سفر... صبیح جسم پر صابن کا سفید جھک کہرا

...خوشبو کا کہرا... وہ خوشبو جو میرے اندر اترتی چلی گئی۔ مَیں ناک جھٹکتا پھرا، مگر وہ خوشبو نہیں گئی۔ وہ خوشبو اب ایک سمت میں رواں تھی۔ وہ خوشبو باتھ روم سے نکلی... وہ محض ایک خوشبو نہیں تھی۔ اسے پھیلاؤ تھا۔ اسے آکار تھا، اسے وزن تھا، جسم بھی تھا، وہ اپنے آپ میں مجسم تھی۔ اور پھر سب سے بڑی بات یہ کہ وہ ایک سمت میں رواں تھی۔ پھر سات اگنی پھیرے ہوئے تھے اور وہ لڑکی سسرال چلی گئی تھی۔ مگر خوشبوؤں نے جیسے مجھے سالم نگل لیا تھا۔

اب دو طرح کی بوئیں ایک جان ہو گئی تھیں... خوشبو اور بدبو... مَیں نرغے میں تھا۔

***

شادی کے بعد وہ لڑکی ملی تھی۔ پتہ نہیں کس میڈیم پر مَیں بول رہا تھا اور کس میڈیم پر وہ سن رہی تھی۔ لیکن یہ حقیقت ہے کہ ہم دونوں میں گفت وشنید ہوئی تھی۔

''...پچھلا سب بھول جاؤ۔''

''...پچھلا سب بھول جاؤ مطلب؟ آج پانچ سال ہو گئے، کیوں ایسا کیا؟ انکار کر دیتی؟ کیوں تڑپانے والی نظروں سے دیکھتی تھی میری طرف۔ مجھے تُو نے غلط فہمی میں مبتلا کیا!

''مَیں نے تجھے دھوکہ نہیں دیا۔''

''چل ہٹ، تیری نظر ایک جگہ نہیں تھی چھِنال۔''

''گالی مت دے۔''

''تُو نے کہا آسمان کے تارے توڑ کر لانے کے لئے۔ پھر بولی ایک کنستر مٹی کا تیل لاؤ۔ مَیں نے وہ تمام تارے ایک کنستر کے عوض بیچے اور کنگال ہو گیا تیرے پیچھے... تُو بولی میرا انتظار کرے گی اور چلی گئی۔ اتنی انگار تھی تیرے میں حرام زادی۔''

''میں نے انتظار کیا۔''

''چل ہٹ، دوں گا ایک۔ مَیں آیا مٹی کا تیل لے کر، تُو نہیں تھی، تُو نے مجھے اچھا چوتیا بنایا، کیا مَیں ہی ملا تھا تجھے... وہ ایک تاریخ کہ میرے کپڑے تار تار.. کہ میرا صحرا بے آب وگیاہ، کہ میرا گریبان چاک چاک... کہ مَیں دیکھوں اپنی شکل پانی میں اور تُو

نظر آئے۔ کہ مَیں دوڑوں تیرا نام لے کر اور ہو جاؤں آبلہ پا۔ وہ ایک تاریخ ہے جو اپنے آپ کو دہرائے گی۔ اور تُو کہتی ہے کہ پچھلا سب بھول جا۔"

"...میرے بس میں کچھ نہیں تھا۔"

"...چل ہٹ، شادی سے پہلے تُو پریگنینٹ تھی حرام زادی۔"

"...تھپّڑ ماروں گی ایک، بس بولے جا رہا ہے پٹر پٹر جو منہ میں آ رہا ہے، کیا سمجھتا ہے؟ کیا سمجھتا ہے آخر؟ تیری بہن ہو گی پریگنینٹ!"

"مَیں نے بلایا تو کیسے دوڑ کر آئی سالی کسی کال گرل کی طرح۔"

"گالی مت دے، مجھے اپنا سنسار کرنے دے۔"

"ٹھیک ہے، تو پھر آ تُو اپنے شوہر سے نکل کر، ہے تجھ میں ہمت، آ تُو اپنے شوہر سے نکل کر اور مَیں اپنی بیوی سے چھوٹ کر۔ آ... چھپ چھپا کر کچھ کریں۔"

***

مال گاڑی آہستہ آہستہ سرک رہی تھی۔ کھٹر کھٹر کی آواز کے ساتھ، زنجیریں، لوہے کے پہیئے، ویگن، تیل کی ٹنکیاں، آخر خوشبو کے پیچھے کِھنچا کِھنچا مَیں وہاں پہنچ ہی گیا تھا۔ وہ لڑکی اس مکان کے کسی کمرے میں چھپر کھٹ پر یہاں سے وہاں تک پھیلی ہو گی اور اس کا شوہر زبان لپلپائے رال ٹپکا رہا ہو گا۔ کُتّا سالا۔

میں نے حقارت سے کہا۔ "بھوں بھوں! مجھے پار ہو جانا ہے، گزر جانا ہے۔"

تبھی کوئی چلّایا۔ "ارے ہاڑ!"

لیکن مَیں... اسی وقت، مال گاڑی کے دو پہیوں کے درمیان!

کھچک کی آواز خود مَیں نے بھی سنی اور سنا کہ اب بھی کوئی چیخے جا رہا ہے۔

"...ارے ہاڑ!"

کھ کھ

نعرہ

رمولا کے ڈیڈی ایک لا علاج بیماری میں مبتلا ہیں۔۔۔ انہیں سوتے جاگتے اپنے خلاف نعرے سنائی دیتے ہیں، نعرے لگانے والے لوگ بھیڑ میں تبدیل ہوتے ہیں، بھیڑ بڑھتی جاتی ہے۔

چندر کسی طرح رمولا سے شادی کرنا چاہتا ہے۔ رمولا کے ڈیڈی کا خیال ہے کہ چندر فیکٹری کو اسی طرح چلا سکتا ہے جس طرح برسوں سے انہوں نے چلایا ہے، وہ اسے گھر داماد بنانا چاہتے ہیں۔ چندر تیار بھی ہے لیکن رمولا مخالفت کرتی ہے۔

***

رمولا کے ڈیڈی نے کپڑے اُتار دئیے ہیں۔ الف برہنہ کھڑے ہیں۔ رمولا جانتی ہے، ڈیڈی جب پیتے ہیں تو خوب پیتے ہیں اور لڑ کھڑانے لگتے ہیں تو کپڑے اُتار کر کھڑے ہو جاتے ہیں۔ اور کہتے ہیں "لو میں نے کپڑے اتار دئیے ہیں، اب لڑ کھڑاؤں گا بھی تو کیا کر لے گا کوئی میرا، ہے نا مینجر!"

مینجر سر ہلاتا ہے، اسے سر ہلانے کا پیسہ ملتا ہے۔ رمولا دانت پیستی ہے۔ ڈیڈی نے سر ہلانے والوں کی ایک پوری ٹیم تیار کر لی ہے۔

سکریٹری اعلیٰ درجے کی شراب گلاسوں میں بھر رہا ہے۔

ڈیڈی کی برہنگی اور سڑک پر کھڑے بھکاری کی برہنگی میں اب رمولا فرق کرنے لگی ہے۔ کپڑے اُتار کر ڈیڈی نے اپنی بک بک شروع کر دی ہے۔

''میں تو سالا اپنی بیماری سے تنگ ہوں اور اپنی بیٹی سے مجبور۔ اور یہ کُتّا۔''

ڈیڈی دروازے میں بیٹھے ہوئے بلڈاگ کی طرف اشارہ کر کے کہتے ہیں۔

''سالا یونین لیڈر! میرے پٹّے سے بندھا ہے۔ میرے تلوے چاٹتا ہے، اُدھر مزدوروں کو اکٹھا کر کے بولتا ہے۔

''نئیں چلے گی... نئیں چلے گی تانا شائی نہیں چلے گی۔'' ہنستے ہیں۔

''مردہ باد، مردہ باد کس کو بولتا ہے بے...''

مینجر نے اپنے کان کھول دئے ہیں اور سر ہلانے کے لئے تیار ہے۔

بلڈاگ زبان لپلپا رہا ہے۔

ڈیڈی پھر شروع ہو جاتے ہیں۔ ''ایک دن کیا بولا سالا یہ کُتّا میرے کو... اُس وقت اِس کو پٹّے سے نہیں باندھا تھا... تو معلوم کیا بولا... ''بیچو اپنی فیکٹری اور بانٹ دو پیسہ مزدوروں میں! سالے کھانے کو نہیں گھر میں۔ کیا کھا کے انقلاب لائیں گے۔ میں تو سالا اپنی بیماری سے تنگ ہوں اور بیٹی سے مجبور! ورنہ بتا دیتا۔''

''ایک بار فورڈ جیسے انڈسٹریالسٹ کو بھی مزدوروں نے بولا تھا...''

بلڈاگ ڈیڈی کے پیر چاٹنے لگتا ہے۔

مینجر سر ہلاتا ہے۔

ایک دن باتوں باتوں میں رمولا نے کہا تھا۔

''لیکن ڈیڈی، ایک دن کے لئے صرف ایک دن کے لئے جب یونین لیڈر کو اپنا ضمیر یاد آئے گا تو اس کا گریبان پکڑ کر مزدور جواب طلب کرے گا، تب وہ کیا جواب دے گا۔''

''وہ بلڈاگ؟ ہم نے اپنی زبان اس کے منہ میں رکھ دی ہے۔ وہ گیدڑ بن جائے گا اور اس کی شامت آجائے گی۔''

''نہیں ڈیڈی یہ آپ کا بھرم ہے۔ وہ جب تک ہماری دہلیز پر بھونک رہا ہے۔

ٹھیک ہے لیکن جب دہلیز سے ہٹ جائے گا تب کیا ہوگا؟ دہلیز پر بھونکنے سے پتہ ہی نہیں چلتا کہ وہ مزدوروں پر بھونک رہا ہے کہ ہم پر! کیونکہ ہمیشہ دہلیز پر بیٹھنے والے بلڈاگ باہر ہی نہیں اندر بھی بھونکتے ہیں۔''

***

رمولا بنگلے کے لان میں کھڑی ہے۔ واچ مین رام آدھار پانڈے کے ہاتھ میں لڈوؤں کا تھال ہے اور وہ لڈو بانٹ رہا ہے۔

''میڈم میڈم! منھ میٹھا کیجئے۔ لڑکا پیدا ہوا ہے۔''

''بڑی خوشی کی بات ہے۔ مبارک ہو۔'' رمولا کہتی ہے۔

''نہیں میڈم یہ خوشی کی بات نہیں ہے کہ لڑکا پیدا ہوا ہے۔ یہ کونوں خوشی کی بات نہیں ہے۔ خوشی کی بات تو یہ ہے کہ اس لڑکے میں ریڑھ کی ہڈی سالم ہے۔ صحیح سلامت ہے۔''

''ریڑھ کی ہڈی تو تم میں بھی صحیح سلامت ہے۔''

''ہے تو میڈم، مگر لچکدار ہے۔''

''تو کیا وہ تمہارے آباواجداد کے خوابوں کی تعبیر بنے گا۔''

''ہاں ہمیں لگتا ہے اور ہمیں آج لگتا ہے میڈم کہ ساری دنیا کو لڈّو بانٹیں، مگر تھال چھوٹا ہے اور لڈّو کم!'' رام آدھار روہانسا ہو جاتا ہے۔

سب یہ سوچنے میں لگے ہیں کہ رام آدھار کب وطن گیا تھا۔ سب ہنس رہے ہیں۔ کھلی اڑا رہے ہیں۔ ''ابے گیا نہیں تو کیسے لڑکا ہو گیا۔'' لیکن رام آدھار خوب جانتا ہے کہ اس طرح کے ذیلی سوالات میں پھنسا کر یہ لوگ اس کو اصل اشو سے ہٹا رہے ہیں!

اصل اِشو استحصال، اصل مسئلہ تو یہ ہے کہ تھال ہے چھوٹا اور لڈّو ہیں کم!

***

رمولا خواب دیکھ رہی تھی۔

ایک عورت اس سے کہتی ہے۔ ''ممبئی کی سب سے بڑی مالش والی ہوں مَیں۔ میں

نہ صرف آپ کی مالش کروں گی بلکہ چولی کی گانٹھ بھی ڈھیلی کروں گی اور ایسی چمپی کروں گی کہ آپ تل پاؤں سے مستک تک مسحور ہو جائیں گی۔ میں اگر مہا بھارت کا برھن للاّ نہیں ہوں تو میں شکنتلا ہوں جس کی چولی کی گانٹھ سکھی برکھا نے ڈھیلی نہیں کی ہے اور جس کے پستان دودھ سے لبالب بھرے ہیں اور دشینت کہتا ہے ''جاؤ! میں تمہیں نہیں پہچانتا۔''

رمولا کے اندر چندر کہتا ہے ''رمولا اٹھاؤ، اگنی بان، ترکش سے نکالو تیر، کمان پر کسو اور چھوڑ دو۔ اگنی بان سے بھسم کر دو اس بھوتنی کو۔''

لیکن بھوتنی دوسرے ہی لمحے رمولا کی سہیلی بن گئی۔ چندر پھر ہار گیا۔ برکھا رمولا کے رخسار چومتی ہے۔ ٹھوڑی پر بوسہ دیتی ہے اور لبوں پر زبان رکھ دیتی ہے۔ رمولا نیند میں بڑبڑاتی ہے۔ سہیلی برساتی کینچولے کی طرح بڑی احتیاط سے ملائم سے ملائم نشیب و فراز پر رینگ جاتی ہے۔ کوئی مدافعت نہیں ہوتی۔ اس کا ہاتھ سخت ہو جاتا ہے۔ وہ رمولا کے حساس حصوں کو ٹٹولنے لگتی ہے۔ جب اس کی انگلیاں کمر کے اتار سے نیچے فانوس سے چھوتی ہیں تو رمولا تڑپ اٹھتی ہے...

اسے تمام راہیں زبانی یاد تھیں وہ نشیب کی طرف اُتر گئی۔ رمولا نے ٹانگیں پھیلا کر سکیٹر لیں تڑ تڑ بخیئے اُدھڑنے لگے۔ رمولا خود ٹانگوں کی قینچی بنا کر سہیلی برکھا کی کمر پر ایڑیاں مارنے لگی۔ شرارے اڑنے لگے اور منھ سے سی سی کی آواز نکلنے لگی۔ ساری دنیا اس آواز سے جاگ گئی۔ اتنی تیز آواز تھی کہ دنیا کو جاگنا ہی پڑا۔

بس رمولا کے ڈیڈی نہیں جاگے!

***

''بیٹی! اسی دن کا مجھے ڈر تھا۔''

''آخر ہوا کیا؟''

''ہونا کیا ہے۔ وہی بغاوت!''

''آپ کی طبیعت تو ٹھیک ہے نا، آپ نے چار بجے والی گولی کھائی۔''

''ابھی ابھی کوئی نعرے لگا رہا تھا۔''

''سڑک سے جلوس گزرتے رہتے ہیں۔''

''نہیں، ہمارے گھر میں کہیں آس پاس ہی کوئی نہ کوئی ہے۔''

''ٹی وی پروگرام ہوگا۔''

''تم سمجھتی کیوں نہیں ہو۔''

''نوکر چاکر جتنے بھی ہیں سب بھلے ہیں۔''

''یہ تمہارا وہم ہے بیٹی، یہ نعرہ مجھے لگاتار کئی دنوں سے سنائی دے رہا ہے۔ بلکہ ازل سے... اور چار بجے والی گولی سے اس کا کوئی تعلق نہیں ہے۔ اسی دن کا مجھے ڈر تھا۔''

''ڈیڈی، کچھ نعرے ازل تا ابد فضا میں تیرتے رہتے ہیں۔''

***

واچ مین رام آدھار گیرج میں چادر اوڑھ کر سوتا ہے۔

مگر رات میں چادر ہٹ جاتی ہے۔

صبح بھنگن جھاڑو مارنے آتی ہے تو کھی کھی کرکے رہ جاتی ہے۔

بھنگن بڑی بے حیا ہے۔ رام آدھار سے کہتی ہے۔ ''دو بالشت کی لال لنگوٹ باندھ کر تو کم سے کم سویا کرو۔ تم تو ہماری متی بھرشٹ کر دوگے۔''

رام آدھار بھرا بیٹھا ہے، اس کی نیند بھی ٹوٹی نہیں ہے۔ ''ہاں کھاتے ہیں ہم روکھی سوکھی، مگر پیدا کرتے ہیں ہم لڑکا، امیروں کی طرح نہیں کہ گھی میوا کھا کے دو پونڈ کی چمرخ لڑکی پیدا کر دی۔ کونسا تیر مار لیا اور پھر ناک بھی اونچی... تھُو۔''

بھنگن کہتی ہے۔ ''رام آدھار سنا ہے تمہارے ہاں لڑکا ہوا ہے اور وہ بھی ریڑھ کی ہڈی کے ساتھ۔ تو کیا وہ کنس ماما کو ختم کر دے گا۔''

رام آدھار بھنگن کی طرف دیکھتا رہ جاتا ہے۔

بھنگن اپنے کولہے ہلاتی خالی ٹوکرا کمر پر رکھے چلی جاتی ہے۔

***

''اوہو، میں تو پاگل ہو جاؤں گا۔''

''کیا ہوا ڈیڈی؟''

''پھر وہی نعرہ، پھر وہی مخالفت کی جان لیوا آوازیں۔''

''مگر میں نے نہیں سنا کوئی نعرہ، آپ کے کان تو نہیں بج رہے ہیں۔''

''میں تجھے کیسے سمجھاؤں۔ ملازم اور مالک میں فاصلے ضروری ہیں لوگ اب ہمارے سروں پر سوار ہو گئے ہیں اور نعرے لگا رہے ہیں۔ تلاش کرو۔ یہیں کوئی آس پاس ہے۔ یہ نعرے آج میرے خلاف، کل تمہارے خلاف لگیں گے۔''

''ڈیڈی نعروں کا مقدر کسی نہ کسی کے خلاف لگنا ہے۔ کیا آپ کو ایسا لگتا ہے کہ مخالفین آپ کی جڑیں کھود رہے ہیں، آپ کی نیندیں حرام کر رہے ہیں۔''

''بالکل یہی بات ہے میری گڑیا۔''

''یہ ایک بیماری ہے ڈیڈی۔''

''ایک بھیڑ میرے خلاف نعرے لگا رہی ہے۔ مجھے لگتا ہے یہ بھیڑ ایک شہر میں تبدیل ہو رہی ہے۔''

''یہ ایک بھیانک بیماری ہے ڈیڈی۔''

''تم ڈاکٹر گپتا کو فون کر دو۔''

مگر رمولا جانتی تھی کہ ڈاکٹر گپتا کیا، دنیا کے کسی بھی ڈاکٹر کے پاس ڈیڈی کی بیماری کو ٹھیک کرنے کے لئے کوئی دوا نہیں ہے۔

***

''ڈرائیور۔''

''آیا میڈم۔''

''بات یہ ہے ڈرائیور...''
''کہیں جانا ہے میڈم؟ گاڑی ایک دم تیار ہے۔لیکن آپ تیار نہیں ہوئیں۔''
''تم ہمارا نمک کھاتے ہو۔''
''جی ہاں! آیوڈین ملا ہوا نمک! مگر بدلے میں پسینہ بھی بہاتے ہیں۔''
''ضرورت پڑنے پر خون بہاؤ گے؟''
''کیوں نہیں...مگر یہ ہمارا احسان ہوگا۔''
''کسی نے ہمارے خلاف تمہارے کان تو نہیں بھرے ہیں...دیکھ لو،کسی نے ہمارے خلاف تمہیں غلط سلط پٹی تو نہیں پڑھائی ہے...سوچ لو،کیا ہم تمہارا استحصال کرتے ہیں۔''
''اگر ہم سچ کہوں گا...تو میڈم آپ ہمارا ڈبل استحصال کریں گی۔''
''آج کون کس کا استحصال نہیں کرتا رام آدھار، استحصال تو بیوی بھی شوہر کا کرتی ہے، بچے باپ کا کرتے ہیں۔خیر! یہ بتاؤ تم ہمارے یہاں کام کرکے خوش ہو؟''
''نہیں، قطعی نہیں ، آپ کے ڈیڈی ڈکٹیٹر ہیں ۔ ڈکٹیٹرشپ میرے دادا نے برداشت کی۔ وہ برداشت کر سکتے تھے کیونکہ اُس وقت اناج سستا تھا۔ تاناشاہی میرے باپ نے بھی برداشت کی، وہ کر سکتے تھے کیونکہ اُس وقت یونین نہیں تھی جو ہمیں سوتے سے جگائے، لیکن ہم آج پوری طرح سے جاگ گیا ہوں... پور پور سے، اندر سے باہر سے دائیں سے بائیں سے۔''
''تم کیا چاہتے ہو۔''
''ہم اپنا فرض پورا کرتے ہیں۔ آپ ہمیں پورا حق دیں۔''
رمولا نے دیکھا کہ ڈرائیور نے سبھی کی نمائندگی کر دی ہے۔ اس پر ڈیڈی بولے
''ہنڈی کا ایک ہی چاول دیکھ لو۔ کچا ہے چاول، نادان لڑکی! مخالف سر اٹھائے تو اُس کا سر کچل دو۔ اگر ایسا نہ کیا تو سانپ اجگر بن جاتا ہے۔ ضرورت پڑے تو فیکٹری میں

تالا لگانے سے بھی نہ ہچکچاؤ۔ گھر کے تمام نوکروں کو نکال باہر کرو۔ میں اپنی مخالفت لمحہ بھر کے لئے برداشت نہیں کر سکتا۔'' سونے سے پہلے ڈیڈی کا یہ فرمان تھا۔

رمولا نیند سے جاگ گئی۔ ایک کرسی اس کے خوابوں میں ڈول رہی تھی جس پر ڈیڈی بیٹھے ہوئے تھے اور کسی طور نہیں اُترتے تھے۔

''اگر یہ اُتر بھی گیا کرسی سے، اور تم بیٹھ گئیں کرسی پر، تو کیا استحصال ختم ہو جائے گا؟ یہ بھی تو ہو سکتا ہے کہ تم جسے کرسی سمجھ رہی ہو وہ کسی کی گود ہو... کوئی اور ہی کرسی پر بیٹھا ہو اور تمہیں گود میں بٹھائے ہوئے تمہارا استحصال کر رہا ہو۔ اور جو استحصال کر رہا ہو، وہ بھی کسی کی گود میں بیٹھا ہو!''

اتنا کہہ کر ڈیڈی نے ایک خوفناک قہقہہ لگایا تھا اور رمولا کی نیند اُچٹ گئی تھی۔ وہ بستر پر اُٹھ کر بیٹھ گئی۔ اس کا گلا سوکھ رہا تھا۔

ٹھنڈا پانی پی کر جب وہ آئینہ کے سامنے کھڑی ہوئی تو کل شام کی گفتگو پھر یاد آنے لگی۔

''ڈیڈی! اگر نوکروں کو نکال باہر کروں تو پھر آپ کی کمر کون دُھلائے گا۔ آپ کو کون نہلائے گا، کون کھانے کے نوالے آپ کے منھ میں ڈالے گا؟''

مگر اس سوال کا جواب ڈیڈی نے نہیں دیا تھا۔

رمولا نے سوچا۔ ڈیڈی نوکروں کی اٹھی ہوئی نظروں سے خوفزدہ ہیں اگر وہ ان کی اٹھی ہوئی نظروں میں نظریں ڈال کر دیکھنے لگیں تو کیا ہو؟ شاید ان کا خوف دور ہو جائے۔

***

ایک بہت بڑا چھپر کھٹ ہے اور رمولا نے ٹانگیں پھیلا کر سکیڑ لی ہیں اور ٹانگوں کی قینچی بنا کر سہیلی برکھا کی کمر پر ایڑیاں مارنے لگی ہے۔ سی سی کی آوازیں کمرے میں بھر گئیں پھر سی سی کی آوازیں باہر چلی گئیں۔ آلودگی بڑھتی گئی۔ اسی آلودگی کے سبب چندر کی دال نہ گلی۔ اور اپنی دال نہ گلتی دیکھ کر چندر کوئی نیا پلان بنانے میں منہمک ہو گیا۔

''ڈیڈی میں نے خوب غور کیا ہے۔ آپ فارین جا کر آئیے۔ ذرا ہوا تبدیل ہو جائے گی۔'' رمولا کہتی ہے۔
''نہیں، میں کہیں نہیں جاؤں گا۔''
''تو پھر میرا بھی فیصلہ سن لیجئے۔''
ڈیڈی نے اپنی جہاں دیدہ نگاہوں سے رمولا کی طرف دیکھا وہ چونک گئے۔ رمولا ایک بلڈاگ میں تبدیل ہو چکی تھی۔ اس کے منہ سے غراہٹ اور آنکھوں سے چنگاریاں نکل رہی تھیں۔ ڈیڈی سہم گئے۔ انہوں نے سوچا میں نے اس کے گلے میں پٹہ ڈالنے کی ضرورت ہی محسوس نہیں کی۔ آخر کیونکر مجھ سے یہ غلطی سرزد ہو گئی؟ اور تبھی رمولا نے فیصلہ سناتے ہوئے کہا۔
''آج سے فیکٹری کی دیکھ بھال میں کروں گی۔''

غولِ بیابانی

اندھیرا ہمیں پوری طرح نگل چکا ہے۔ جنگل کی سائیں سائیں قریب محسوس ہو رہی ہے۔ خوف حواس پر چھایا ہوا ہے، لیکن جستجو ہے کہ بلائے جاتی ہے۔ چاروں طرف گھنا جنگل ہے اور اونچے اونچے درخت ہم پر جھکے جا رہے ہیں۔

جب ہم شہر سے نکلے تھے تو دیر تک شہر ہمارا تعاقب کرتا رہا تھا۔ پھر لگا کہ شہر رک گیا ہے۔ پھر ہم ایک چٹیل میدان میں پہنچ گئے تھے۔ جب ہم وہاں سے کچھ اور آگے چلے تو شہر کی روشنیاں ایک لمبی لکیر کی صورت میں ٹمٹما رہی تھیں۔ اور دھیرے دھیرے ہم ہاتھ کو ہاتھ نہ سجھائی دینے والے اندھیرے کا نوالہ بنتے جا رہے تھے۔

ہم لوگ نہ جانے کس جستجو کے مارے اپنی دنیا داری چھوڑ کر شام کو اِدھر آ نکلتے تھے۔ آج ہم نے لے کر لیا تھا کہ وہ کون سی چیز ہے جو ہمیں مسلسل جنگل بیابانوں کی طرف کھینچتی ہے، متوجہ کرتی ہے، مدعو کرتی ہے اور کہتی ہے کہ آجاؤ، وہاں کیا رکھا ہے، اور ہم نے نہ صرف سر پر بلکہ ہر جگہ کفن باندھ لیا تھا۔ گو کہ اندھیرے میں کچھ بھی نہ سجھائی دیتا تھا۔ مگر ہمیں اپنی منزل کی جانب آخرش کوچ کرنا ہی تھا۔ آج یا کل!

اب ہم ایک مستطیل نما مقام پر آگئے تھے۔ ایک چھوٹا سا قطعۂ ارض تھا جو دوسری طرف بڑی سی کھائی میں تبدیل ہو گیا تھا کہ اچانک اندھیرے کی عادی آنکھوں نے دیکھا۔ مستطیل نما قطعہ کے بیچوں بیچ اک کنواں ہے اور اس کی جگت پر بال کھولے ایک عورت بیٹھی ہے۔ اس کا بر ہنہ، دودھ سے بھی زیادہ سفید بدن دمک رہا ہے اور رات سے

بھی زیادہ سیاہ بال اندھیرے میں اپنا آکار بنا رہے ہیں۔

لیکن یہ منظر دیکھ کر میرے پاؤں من من بھر کے ہو گئے کسی نے اندر سے کہا...

''لو پہنچ گئے؟ یہی ہے وہ جستجو جو بلاتی ہے۔ آگے بڑھو اور پوچھ لو۔ وہ سارے سوال کہ تم کیا ہو؟ اور کیوں ہو؟ اور کہاں جانا ہے؟ اور یہ کھڑا اگ جو نظر آتا ہے وہ کیا ہے اور وہ سب بھی جو نظر نہیں آتا۔''

میں نے اپنے ساتھیوں سے مخاطب ہونا چاہا مگر دیکھا تو حیرت ہوئی کہ آس پاس کوئی نہ تھا۔ مَیں تو بوکھلا گیا۔ میری تو گھگی بندھ گئی۔ ایسے میں درخت اور بھی قریب سرک آئے، اندھیرا اور بھی گہرا ہو گیا اور آسمان تنگ!

دودھ جیسی سفید بدن والی عورت نے پیٹھ گھمائی اور میری طرف دیکھا۔ وہ مسکرائی یا نہیں، مجھے نہیں معلوم، کیوں کہ وہ بے چہرہ عورت تھی۔ نہ ناک نہ کان، نہ منہ نہ آنکھ، پھر بھی اس نے اپنا چہرہ میری طرف کیا تھا۔ میں نے بے چہرہ شام کو دیکھا تھا، بے چہرہ دوپہر بھی میری شناسا تھی۔ مگر بے چہرہ عورت!

وہ ہنسی! ایک غیر انسانی ہنسی!

عورت نے لمبے بالوں سے ستر پوشی کر رکھی تھی گو کہ وہ اٹھ کر کھڑی نہیں ہوئی تھی مگر جب وہ ہنسی تو لگا جیسے شیطان کی خالہ ہنس رہی ہے اور سچ مچ جب میں نے اس سے اس کا نام پوچھا تو اس نے اپنا نام بتایا تھا۔ 'شیطان کی خالہ!' میرے تو رونگٹے کھڑے ہو گئے اور جب وہ ہنسی تو ایک عجیب سا ارتعاش اور کرختگی تھی آواز میں۔ کہ پرندے اِس درخت سے اُس درخت پر اڑے۔ اومائی گاڈ!

میں بے ہوش کیوں نہ ہوا؟ میں بھاگنے کے لئے پر تولنے لگا۔

وہ عورت کھڑی ہو گئی۔ بولی ''آ تیری چٹنی بناتی ہوں، میرے سر کا بال توڑنے آیا ہے کم بخت! مجھے گرفتار کرنا چاہتا ہے، آ تجھے کنویں میں الٹا لٹکاتی ہوں۔''

اور اس نے چٹا چٹ اپنی انگلیاں چٹخائیں! میرا پورا بدن پاؤں بن گیا۔ میں بھاگا،

میں کھائی میں کود گیا، گرتا گیا، گرتا گیا...ایک خوفناک قہقہہ میرا تعاقب کر رہا تھا۔

***

جب میں ہوش میں آیا، لیکن کب میں ہوش میں آیا؟ بہر کیف جب میں ہوش میں آیا تو لگا جیسے کنوئیں میں الٹا لٹکا ہوں۔ اس خبیثہ نے مجھے کنوئیں میں لٹکا دیا ہے، وہ بھی الٹا! باپ رے! ہائے میں نے اس کا بال نہ توڑا، جو مجھے توڑنا چاہیئے تھا، جو نسل در نسل ہمارا نصب العین تھا؟ ہائے اس کا بال میں نے اپنی ران میں نہیں سِیا، جس کا وعدہ آبا و اجداد نے مرتے دم مجھ سے لیا تھا۔

میری چھٹی حس بے قرار تھی۔ ''تم الٹے نہیں لٹکے ہو برخوردار! بلکہ سیدھے ہو، کیا بتائیں یہ دنیا ہی الٹی لٹکی ہوئی ہے۔ بہت بڑا کنواں ہے یہ کاسموس، ایک بہت بڑی برہنہ دودھ سے بھی زیادہ سفید رنگ والی عورت بال کھولے بیٹھی ہے کنوئیں کی جگت پر اور اس نے دنیا کو الٹا لٹکا دیا ہے۔

***

بدن پھوڑے کی طرح ٹیس رہا تھا۔ تو کیا الٹی لٹکی دنیا کو میں سیدھا سمجھتا رہا اور میرے آبا و اجداد؟ او مائی گاڈ! مگر میرے ساتھی کہاں گئے؟ کیا وہ بھی بھٹک گئے؟ کیا وہ بھی لٹک گئے، الٹے؟ میری طرح...کیا وہ بھی بے سمت ہو گئے یا کہ سمت سے ہی بے نیاز! وہ اوپر رہ گئے یا نیچے؟ وہ دائیں رہ گئے یا بائیں؟ وہ کہاں گئے؟ میں ابھی سوچ ہی رہا تھا کہ دور کافی دور آگ کا شعلہ سا لپکا اور بجھ گیا، پھر وہ شعلہ دوسری جگہ لپکا اور بجھ گیا، پھر تیسری جگہ لپکا اور بجھ گیا۔ پھر چار پانچ جگہ الگ الگ، چھوٹے بڑے شعلے لپکنے لگے اور بجھنے لگے...فریج، ٹی وی، واشنگ مشین، زیورات، کپڑے، سفید کالر، کڑک استری، جائیداد، گھر، اچھی بیوی، فرمانبردار بچّے، نام، پیسہ! جلتے بجھتے شعلوں کی مانند، میری آنکھوں کے سامنے ناچنے لگے، مجھے یاد آیا اپنا گھر۔ کہاں ہے میرا گھر؟ میرے اردگرد جلتی بجھتی خواہشات کا ایک شیطانی رقص شروع ہو گیا....اگیا بیتال کا رقص!

میرے اندر کوئی بولا... ''یہ دنیا غولِ بیابانی ہے میرے دوست، بھٹکتا کیوں ہے؟ بیعت ہو جا! کسی بھی سطح پر بیعت ہو جا! تا کہ تجھے قرار ملے، ورنہ بھٹکتا ہی رہ جائے گا۔''

میں چلتا رہا، چلتا رہا۔ مسلسل کب تک ساتھیوں کا غم کرتا، سوچتا تھا کہ کوئی ملے گا تو سمت کا پتہ دے گا، مگر کوئی نہ ملا، سورج چمکنے لگا تھا، میں ایک چٹیل میدان سے گزر رہا تھا... ہوا کی آواز تھی، عجیب سی غیر انسانی آسیبی آواز...

گرد باد چاروں سمت غول کی صورت گزر رہے تھے۔

ہوا اگر سرکنڈوں سے گزرتی تو سیٹیاں بجاتی، کہاں ہیں وہ سرکنڈے! ہوا اگر پتّوں سے گزرتی تو تالیاں بجاتی، کہاں ہیں درخت؟ ہوا کسی گلستاں سے ہو کر نہیں آرہی تھی کہ معطر کر دیتی۔ وہ کسی حسینہ کے کاکُل کو چھو کر یا دوپٹے کو چھیڑ کر بھی نہیں آرہی تھی کہ مست کر دیتی، دور تک سناٹا تھا اور ہُو کا عالم!

***

ہوا آسیبی آواز میں لفظوں کی صورت شوں شاں کر رہی تھی... ''بھاگ جا! بھاگ جا! بھاگنا تیرا مقدر ہے، تو بگولوں میں گھر چکا ہے۔ بگولوں میں جنات کی بارات ہے، گرد باد میں ان کے قافلے ہیں، کہیں جنازہ جا رہا ہے تو کہیں بارات! مت کہہ دینا جنازے والے گرد باد سے کہ 'السلام علیکم، مبارک ہو' ورنہ وہ تھپّڑ پڑے گا کہ قیامت تک یاد رکھے گا آہ! تُو وہ بصیرت ہی نہیں رکھتا کہ جنات جیسی آتشی مخلوق کو دیکھ سکے۔ وہ مخلوق جو دنیا بھر کے خزانے تیرے قدموں پر ڈھیر کر سکتی ہے۔ بھاگ جا، بھاگ جا۔''

عجیب سا منظر تھا، کیا لرزتا، کیا کانپتا، میں ایک رونگٹا بن گیا جو کھڑا تھا...

کوئی اندر سے بولا ''بیعت کر، بیعت چاہے کسی بھی سطح پر...''

کھٹ کھٹ کی آواز ایک جانب سے آئی۔ میرا پورا پورا بدن کان بن گیا۔ ایک ایسی آواز بھی آئی جیسے کوئی کسی کو پکار رہا ہو۔ مجھے لگا کہ قریب ہی کہیں بستی ہو گی، چلو چلتے ہیں، ورنہ اکیلے پن کا بھوت ٹیٹوا دبا دے گا۔

"جس طرف تم جا رہے ہو، کیا وہ بستی انسانوں کی ہے؟"

اندر سے کسی نے پوچھا تو میں بری طرح ڈر گیا۔ "کیا کہیں دور دراز کے کسی سیارے کی آوازیں اس بیابان میں تو نہیں گونج رہی ہیں؟"

میں نے دل کڑا کیا اور سوچا... یہ دنیا غولِ بیابانی ہے، اس سے کسی کو مفر نہیں۔ چلو جو انجام ہوگا دیکھا جائے گا۔ آوازیں ضرور آ رہی ہیں تو کہیں انسانوں کی بستی ہوگی۔ اور میں چلتا رہا، چلتا رہا مگر وہ بستی نہیں ملی، بھٹکتا رہا کہ بھٹکنا تو مقدر تھا...

ہر موڑ پر "چکوے" بیٹھے تھے یا پھر میرا بے سمت سفر ہی سانپ سیڑھی کا کھیل ہو گیا تھا، میں سوچنے لگا... کہاں گئے وہ لوگ جو پیٹ بھر کھاتے تھے اور ڈکار بھی بڑی لمبی لیتے تھے۔ کہاں گئے وہ لوگ جو زبان دیتے تھے مگر واپس نہ لینے کے لئے، نوکری ان کی چوکھٹ پر چل کر آتی تھی اور بیویاں ان کے پاؤں دھو کر پیتی تھیں۔ انہوں نے ایک بار شوہر کا نام بدن پر گود لیا کہ بس... مگر آج ہر جگہ سے پردۂ بکارت غائب ہو چکا ہے! کہاں گئے وہ لوگ جو ٹھوس کردار رکھتے تھے، حالات کے سرد و گرم جن کے کردار پر اثر انداز نہیں ہوتے تھے، آج جگہ جگہ اتنے سمجھوتے اور جھوٹ، اتنے ڈھکو سلے اور بہروپ ہیں کہ آدمی کبھی گیس کی صورت میں ہوا میں تحلیل ہوتا ہے تو کبھی مائع کی صورت میں بہنے لگتا ہے۔

***

میں جانے کتنے برس چلتا رہا کہ ایک شخص نظر آیا۔ دور سے تو وہ ایک نقطے کی مانند تھا جو حرکت کرتا تھا۔ ذرا جان میں جان آئی! میں دھیرے دھیرے نقطے کی طرف بڑھتا گیا حتیٰ کہ وہ نقطہ ایک شکل میں تبدیل ہونے لگا۔ وہ ایک شخص تھا جو قبر کھود رہا تھا۔ میں اس کے قریب پہنچا۔ میں حیرت زدہ کہ نہ کہیں میت نظر آتی ہے نہ قبرستان! پھر یہ شخص کس کے لئے قبر کھود رہا ہے؟ اس نے میری طرف دیکھا تو میں نے پوچھا۔

"شاید تمہارا کوئی عزیز فوت ہو گیا ہے؟"

"نہیں۔ کوئی فوت نہیں ہوا۔"

،،پھر یہ قبر کیوں کھود رہے ہو؟،،
،،قبر تو کھودنی ہی پڑتی ہے کم عقل۔،،
،،کس کے لئے؟،،
اپنے لئے اور کس کے لئے۔ اس نفسا نفسی کے عالم میں کون کس کے لئے قبر کھودتا ہے بھلا۔،،
،،کیا تم مر چکے ہو؟،،
،،نہیں۔ لیکن اگر تم اس قبر میں آنا چاہتے ہو تو آ سکتے ہو،اس میں کافی جگہ ہے۔،،
،،میں زندہ درگور نہیں ہونا چاہتا۔،، مَیں اتنے زور سے چیخا کہ مجھے لگا سارے کوسموس میں میری آواز گونج رہی ہے۔
چند ثانیوں بعد وہ بولا۔،، تم آؤ، میرے ساتھ،تمہارے سارے دلدّ ردُور ہو جائیں گے۔،،
،،کیا تم مجھے بیعت کرو گے، کسی بھی سطح پر...،، میں نے اچانک سوال کیا۔
اس نے جیسے میرا سوال نہیں سنا اور بولا،، میں یہ قبر تمہیں دے دوں گا، اپنے لئے میں نئی قبر کھود وں گا۔،، اس نے پیار سے میری طرف ہاتھ بڑھایا۔
میں خوف سے پیچھے ہٹا۔
،،بس بس، زیادہ بقراطی مت بنو، قائل کرنے کی ضرورت نہیں ہے....میں تو غولِ بیابانی ہوں، پوری دنیا ایک غولِ بیابانی ہے۔ میں ہر جگہ ہوں اور کہیں بھی نہیں ہوں ، میں شمشان میں اگیا بیتال بن کر نا مراد خواہش کی طرح شعلہ سا لپکتا ہوں، کبھی بے چہرہ عورت بن جاتا ہوں،کبھی گرد باد میں شریک ہو جاتا ہوں تو کبھی کسی کے آواز دینے پر انسانوں کی بستیاں تلاش کرنے لگتا ہوں....،،

اندھیرا آخری گاہک

رات بھیگ رہی تھی... جس پان کی دکان پر مَیں نے سگریٹ خریدی تھی وہاں ایف ایم پر گیت بج رہا تھا... ''آسماں پہ ہے خدا... اور زمیں پہ ہم...''

مَیں چرنی روڈ پر آہستہ آہستہ چلا جا رہا تھا۔ آج گاڑیاں کم تھیں۔

میں نے گھڑی پر نظر ڈالی، رات کے گیارہ بج رہے تھے۔

میں چلا جا رہا تھا اپنی ہی دھن میں کہ میں نے دیکھا کوئی میرے پیچھے چھپا چھپ چلا آ رہا ہے۔ پیچھے مڑ کر دیکھا تو وہ ایک لڑکی تھی...

ڈارک لپ اسٹک لگائے مجھ سے مخاطب تھی۔ ''بھائی صاحب... ذرا سُنئیے۔''

میں رُک گیا، وہ میرے قریب آئی۔ ''میں ذرا آپ کے ساتھ ساتھ چلوں۔''

میں مخمصے میں پڑ گیا۔ لڑکی کے سر پر گھونگھٹ تھا۔ کچھ کہنے سے پہلے ہی وہ میرے برابر میں ایسے چلنے لگی جیسے ہم میاں بیوی ہوں۔ ہم بس اسٹاپ پر آ کر کھڑے ہو گئے۔

تبھی میں نے دیکھا سات آٹھ نو جوان لڑکوں کی ٹولی چیخ پکار کرتی اوپیرا ہاؤس سے آ رہی تھی۔ وہ زور زور سے باتیں کر رہے تھے۔ سڑک پر دھینگا مستی کر رہے تھے۔

جیسے ہی اُن کی ٹولی قریب آئی وہ مجھ سے اور بھی قریب ہو گئی۔ اب میں اُس کی سانسوں کی گرمی محسوس کرنے لگا۔ مجھے لگا اُس نے اپنا گھونگھٹ مزید آگے کی طرف کھینچ لیا ہے۔ نو جوان لڑکوں کی ٹولی کو دیکھ کر میں بھی ذرا گھبرا گیا تھا۔ کیونکہ سڑک سُنسان تھی۔

وہ تمام آوارہ لڑکے تھے۔ آہستہ آہستہ آگے جا کر نکّڑ سے داہنی طرف مڑ گئے۔

لڑکی نے گھونگھٹ ہٹایا، نیچے جھکی اور میرے پاؤں چھونے لگی۔ میں اُس سے کچھ پوچھتا اس سے پہلے ہی اس کی آنکھوں سے آنسو رواں تھے۔ وہ بھیگی آواز میں بولی۔

''آپ دیو مانوس ہیں، آپ کا بڑا کرم ہوا، میں دھندے والی بائی ہوں، اسی علاقے میں دھندا کرتی ہوں، بس اسٹاپ کے پیچھے، ریلوے لائن کے کنارے، پل کے نیچے اندھیرے میں کھڑی رہتی ہوں، گاہک ڈھونڈتی ہوں۔ ساتھ میں پیٹ لگا ہے بھائی اس لیے یہ کام کرنا پڑتا ہے۔'' چند لمحوں بعد کہنے لگی ''گئے وہ بدمعاش کمینے۔ ان کے گھروں میں ماں بہنیں نہیں ہوں گی۔ اُن کی بہنوں پر ایسا وقت آئے تو...؟'' لڑکی ان لڑکوں کی ٹولی کو گالیاں دینے لگی۔ ''بھائی یہ سب تمھیں دیکھ کر اپنے راستے چلے گئے۔ ورنہ کیا کہوں؟ یہ مجھے چوپاٹی پر لے جاتے، جبراً ہوس پوری کرتے۔ راکشش سالے۔ ہم دھندے والی عورتیں، ہم بھی تو انسان ہیں۔ پائی پائی جوڑ کر پیسے جمع کرتے ہیں۔ یہ بدمعاش پیسے بھی لوٹ لیتے ہیں۔ پولیس والے بھی ان کے دوست ہیں۔ کبھی کبھی وہ بھی تاؤ مارتے ہیں۔ پھر ہم جائیں تو جائیں کہاں؟ بھائی آپ دیو مانوس ہیں۔ گاؤں میں میرا ایک بیٹا ہے وہ اس سال میٹرک کا امتحان دے گا، پیسوں کی ضرورت ہے۔ باپ کی آنکھیں کمزور ہو گئیں۔ شوہر شراب پی پی کے مر گیا۔ بھائی بھاوج کبھی کسی کے ہوئے ہیں؟ مجبوری میں یہ راہ پکڑی۔ کل منی آرڈر بھیجنا ہے۔ پیسے میرے پرس میں ہیں۔ اگر آپ نہ ہوتے تو یہ شیطان میرے پیسے بھی لوٹ لیتے۔ لڑکا میٹرک کیسے کرتا؟''

آنکھوں سے آنسو رواں تھے۔ لہجے سے لگتا تھا وہ کولھاپور کے آس پاس کی ہے۔ مراٹھی بولتے ہوئے کنڑ زبان کا رنگ جھلکتا تھا۔ وہ مشکور نگاہوں سے میری جانب دیکھنے لگی۔

میری بس آ گئی، میں بس میں سوار ہوا۔ سڑک سیدھی تھی۔ وہ دیر تک مجھے نظر آتی رہی ...بس اسٹاپ کی ریلنگ سے لگ کر کھڑی تھی...اور شاید اندھیرا اُس کا آخری گاہک تھا۔